MINUIT OU PRESQUE

L'auteur

Rainbow Rowell écrit des romans, parfois sur des adultes, parfois sur des adolescents. Mais elle invente toujours des histoires sur des personnages un peu décalés. Et qui tombent amoureux. Quand elle n'écrit pas, Rainbow Rowell adore lire des *comics* et discuter à n'en plus finir sur le sens de la vie. Elle vit dans le Nebraska avec son mari et ses deux fils.

Du même auteur

Eleanor & Park
Carry On

RAINBOW ROWELL

MINUIT OU PRESQUE

Traduit de l'anglais (États-Unis)
par Catherine Nabokov

POCKET JEUNESSE
PKJ·

Titre original :
Almost Midnight

Loi n° 49-956 du 16 juillet 1949 sur les publications destinées à la jeunesse : novembre 2019.

ISBN : 978-2-266-29007-4

Dépôt légal : novembre 2019

MINUITS

31 décembre 2014, juste avant minuit

Il faisait froid dehors, sous la terrasse. Glacial. Et noir.

Noir, parce qu'il était presque minuit, d'autant plus noir que Mags était dans un recoin sombre.

C'était le dernier endroit où quelqu'un la chercherait – Noel, en particulier. Elle allait louper le moment le plus important.

Tant mieux. Mags aurait dû faire ça depuis des années.

Adossée au muret de la maison d'Alicia, elle commença à manger le cookie qu'elle avait emporté. (La mère d'Alicia faisait les meilleurs cookies au monde.) La musique résonnait toujours, dans le salon. Puis elle s'arrêta. C'était bon signe. Le compte à rebours était imminent.

— Dix ! cria quelqu'un.

— Neuf ! enchaînèrent d'autres voix.

— Huit !

Mags était en train de tout rater. Parfait.

31 décembre 2011,
peu avant minuit

— Il y a des fruits à coque, là-dedans ? demanda le garçon.

Mags interrompit son geste, laissant en suspens devant sa bouche le canapé de *cream cheese* au pesto qu'elle tenait.

— On dirait qu'il y a des pignons... répliqua-t-elle en louchant pour observer le petit-four.

— Les pignons sont des fruits à coque ?

— Je crois bien, non ? dit Mags. En tout cas, ils ont une coquille...

Le garçon haussa les épaules. Il avait des cheveux bruns en bataille et de grands yeux bleus. Il portait un tee-shirt Pokémon.

— ... mais je ne suis pas vraiment experte en fruits à coque, ajouta Mags.

— Moi non plus. Pourtant, je devrais : si j'en mange sans le savoir, je peux mourir. Si tu risquais de mourir à cause de quelque chose, tu n'essaierais pas d'être experte sur le sujet ?

— Je ne sais pas, dit Mags, et elle enfourna le canapé. Je ne connais pas grand-chose au cancer. Ni aux accidents de voiture.

— Mouais..., fit le garçon en regardant le buffet d'un air triste.

Il était maigre. Et pâle.

— Mais les fruits à coque et moi, on n'est vraiment pas copains, reprit-il. Pire qu'un danger, ce sont carrément des assassins en puissance, pour moi.

— Ah bon ? Mais qu'est-ce tu leur as fait ?

Le garçon rit.

— Je les ai mangés, tout bêtement.

La musique, vraiment forte, s'arrêta net.

— Bientôt minuit ! cria quelqu'un.

Mags et le garçon tournèrent la tête en même temps. Alicia, l'amie de Mags – elles étaient ensemble à l'étude –, était sur le sofa. C'était sa fête. C'était aussi la première fois que Mags était invitée à une soirée du nouvel an – à quinze ans.

— Neuf ! lança Alicia.

— Huit !

Ils étaient une trentaine d'adolescents, dans la cave, tous en train de compter, désormais.

— Sept !

— Je m'appelle Noel, se présenta le garçon en tendant la main.

Mags essuya la sienne pour enlever les traces de pesto et de pignon et serra la main du garçon.

— Mags.

— Quatre !

— Trois !

— Content de te connaître, Mags.

— Moi aussi, Noel. Et bravo : tu as réussi une année de plus à éviter les fruits à coque.

— Ils ont failli m'avoir, avec ce pesto.

— Ouais, acquiesça-t-elle. C'était moins une.

31 décembre 2012, juste avant minuit

Noel s'appuya contre le mur et se laissa glisser à côté de Mags. Il lui donna un petit coup d'épaule et souffla pour dérouler vers son visage son sifflet de cotillon.

— Coucou.

— Coucou.

Elle lui sourit. Il portait une veste à carreaux et une chemise blanche, le col ouvert. Noel était pâle, et il rougissait facilement. À cet instant précis, il était rose vif, de la racine des cheveux jusqu'au deuxième bouton de sa chemise.

— Tu es le roi de la piste, plaisanta-t-elle.

— J'aime danser, Mags.

— Je sais bien.

— Et je n'en ai pas souvent l'occasion.

Elle haussa les sourcils.

— J'aime danser *en public,* précisa Noel. Avec d'autres gens. C'est une expérience collective.

— Je l'ai gardée précieusement, dit-elle en lui tendant une cravate en soie rouge.

Il la lui avait lancée quand il se trémoussait sur la table basse.

— Merci, fit-il en prenant la cravate et en la passant autour de son cou. Tu as réussi à l'attraper, bravo ! Mais en fait, j'essayais de t'attirer sur la piste.

— C'était une table basse, Noel.

— Il y avait de la place pour deux, Margaret.

Mags plissa le nez pour réfléchir.

— Je ne pense pas.

— Il y a toujours de la place pour toi et moi, sur n'importe quelle table basse, dit-il. Parce que tu es ma meilleure amie.

— C'est Pony, ton meilleur ami.

Noel passa la main dans ses boucles humides qui allaient jusqu'aux oreilles.

— Pony aussi est mon meilleur ami. Et Frankie. Et Connor.

— Et ta maman, ajouta Mags.

Noel se tourna vers elle en souriant.

— Mais surtout toi ! Et c'est notre anniversaire. Tu n'as pas dansé avec moi pour notre anniversaire, j'y crois pas !

— Je ne vois pas de quoi tu parles, fit-elle.

(Elle savait exactement de quoi il parlait.)

— Ça s'est passé là-bas.

Noel désigna la table, où la mère d'Alicia avait l'habitude de disposer les plats du buffet.

— J'aurais pu faire un choc anaphylactique, et tu m'as sauvé la vie. Un peu plus, et tu m'enfonçais la seringue d'épinéphrine dans le cœur !

Mags se redressa soudain.

— Tu n'as pas mangé de salade de poulet, ce soir, n'est-ce pas ? Il y avait des amandes.

— Tu me sauves encore la vie, dit-il.

— Tu en as mangé ou pas ?

— Non. Mais j'ai goûté à la salade de fruits. Je pense qu'il y avait des framboises dedans, j'ai la bouche qui me pique.

Mags le regarda en faisant la moue.

— Ah bon ? Mais ça va ?

Noel avait l'air d'aller bien. Il était rouge. En nage. Et on aurait dit que ses dents débordaient de sa bouche, qui elle-même débordait de son visage.

— Oui, tout va bien. Si ma langue enfle, je te le dirai.

— Garde tes réactions allergiques obscènes pour toi, rétorqua-t-elle.

Noel haussa les sourcils.

— Si tu voyais ce qui se passe quand je mange des coquillages !

Mags leva les yeux au ciel en réprimant un rire. Puis elle se remit à le dévisager.

— Comment ça ? Qu'est-ce qui se passe quand tu manges un coquillage ?

Il agita la main vers sa poitrine, blasé.

— J'ai des plaques rouges.

Elle fit de nouveau la moue.

— Mais comment ça se fait que tu sois encore en vie, avec tout ça ?

— C'est grâce aux héroïnes comme toi.

— Ne mange pas non plus de la salade rose, dit-elle. Elle est aux crevettes.

Noel passa sa cravate autour du cou de Mags et lui sourit. Un vrai sourire, pas une grimace.

— Merci.

— Merci à toi, dit-elle en resserrant le nœud. Elle va bien avec ma robe.

Mags portait une robe-pull immense, un genre de vêtement scandinave avec un million de couleurs.

— Tout va avec ta robe, fit Noel. Tu ressembles à un œuf de Pâques avec des motifs de Noël.

— Je me sens comme un Muppet bariolé, avoua-t-elle. Un avec des poils.

— J'aime bien. C'est un régal pour les yeux.

Ne sachant pas s'il se moquait d'elle, elle préféra changer de sujet.

— Où est Pony ?

— Là-bas.

Noel indiqua l'autre bout de la pièce.

— Il s'est mis en position, tout près de Simini, l'air de rien, en attendant que minuit sonne.

— Pour pouvoir l'embrasser ?

— Exactement. Sur la bouche, si tout se passe comme prévu.

— C'est vraiment dégoûtant ! s'écria Mags en jouant avec la cravate de Noel.

— D'embrasser ?

— Non... embrasser, c'est bien.

Elle se sentit rougir. Heureusement, son teint n'était pas aussi pâle que celui de Noel ; ça n'allait pas trahir son émotion.

— Ce qui est dégoûtant, c'est d'utiliser la soirée du nouvel an pour embrasser quelqu'un qui n'en a peut-être pas envie, poursuivit-elle. C'est comme un piège.

— Peut-être que Simini a envie d'embrasser Pony ?

— Peut-être aussi que ça sera juste super gênant ? Et qu'elle le fera parce qu'elle se sentira obligée.

— Il ne va pas la tripoter. Il va essayer de capter son regard.

— Capter son regard ?

Noel tourna la tête et planta ses yeux dans ceux de Mags. Il haussa les sourcils, plein d'espoir, et prit une expression la plus douce possible. Clairement, son regard signifiait : « Hé ! C'est possible de t'embrasser ? »

— Oh ! lâcha Mags. Tu le fais très bien.

Noel reprit immédiatement son air habituel, avec une tête qui semblait dire : « Sans blague ? »

— Évidemment. J'ai déjà embrassé des filles.

— Sérieux ? demanda Mags.

Elle savait que Noel fréquentait des filles, mais elle n'avait jamais entendu parler d'une petite amie. Si ç'avait été le cas, elle aurait forcément été au courant – elle faisait quand même partie de ses quatre ou cinq meilleurs amis.

— Pfff..., fit-il. Trois filles. Huit fois en tout. Je crois savoir comment on capte le regard.

Il surpassait clairement Mags, malgré ses seize ans, en termes de baisers.

Elle observa de nouveau Pony, au loin. Il se tenait près de la télévision et scrutait son portable. Simini était à quelques pas de lui et parlait avec ses amis.

— N'empêche, reprit Mags. C'est un peu trahir.

— Comment ça, trahir ? demanda Noel en suivant son regard. Aucun des deux n'est en couple.

— Pas trahir dans ce sens-là. Plutôt... genre, aller plus vite que la musique. Si quelqu'un te plaît, tu dois faire un effort. Tu dois apprendre à connaître cette personne. Tu dois le mériter, en fait, ce premier baiser.

— Pony et Simini se connaissent déjà.

— C'est vrai. Mais ils ne sont jamais sortis ensemble. Est-ce que Simini a déjà montré qu'elle était intéressée par lui ?

— Parfois, les gens ont besoin d'être aidés, répondit Noel. Je veux dire... regarde Pony.

Mags le détailla. Il portait un jean et un tee-shirt noirs. Ses cheveux étaient maintenant coiffés en une sorte de crête iroquoise, mais, au collège, il avait une queue-de-cheval, c'était pour ça que tout le monde l'appelait Pony. Il était généralement bruyant et drôle, et parfois bruyant et odieux. Il passait son temps à dessiner sur son bras avec un stylo à encre.

— Ce gars ne sait pas du tout comment dire à une fille qu'il l'aime bien, expliqua Noel. Il n'en a pas la moindre idée... Maintenant, regarde Simini.

Mags s'exécuta. Simini était petite et douce, et tellement timide qu'elle semblait incapable de sortir de sa coquille. Si on voulait lui parler, il fallait faire le premier pas.

— Tout le monde n'a pas notre aisance, plaisanta Noel avec un soupir en se penchant vers Mags et en faisant un geste en direction de Pony et Simini. Tout le monde ne sait pas s'y prendre pour obtenir ce qu'il veut. Peut-être que ces deux-là ont justement besoin d'attendre minuit pour se lancer ? On ne peut pas le leur reprocher.

Mags se tourna vers Noel. Son visage était juste au-dessus de son épaule. Elle sentait sa chaleur. Et le parfum de son eau de toilette.

— Tu fais dans le mélo, dit-elle.

— Quand je viens de mettre ma vie en danger, je verse un peu dans le mélo, oui.

— En dansant sur une table basse ?

— En mangeant des framboises, répondit-il.

Puis il ajouta, en tirant la langue :

— Echqu'elle a l'air enflée ?

Mags examinait sa langue quand la musique s'arrêta.

— Il est presque minuit ! cria Alicia, à côté de la télévision.

Le compte à rebours avait commencé à Times Square. Mags vit Pony lever les yeux de son téléphone et s'avancer vers Simini.

— Neuf ! hurla l'assemblée.

— Huit !

— Ta langue me paraît normale, déclara Mags levant le nez.

Il rentra sa langue dans sa bouche et sourit.

Noel haussa les sourcils. Sans même s'en rendre compte.

— Joyeux anniversaire, Noel.

Les yeux de Noel devinrent très doux. En tout cas, c'est ce qu'il sembla à Mags.

— Joyeux anniversaire, Mags.

— Quatre !

À cet instant, Natalie arriva vers eux en courant, se laissa tomber à côté de Noel et le prit par l'épaule.

Natalie était amie avec l'un et l'autre, mais elle n'était pas une meilleure amie. Elle avait des cheveux blond vénitien et portait toujours une chemise en flanelle très échancrée.

— Bonne année ! leur lança-t-elle.

— Pas encore, corrigea Mags.

— Un ! hurla l'assemblée.

— Bonne année ! dit Noel à Natalie.

Puis Natalie se pencha vers lui, il se pencha vers elle, et ils échangèrent un baiser.

31 décembre 2013, peu avant minuit

Debout sur l'accoudoir du canapé, Noel tendait les mains vers Mags.

Mags passa devant lui en secouant la tête.

— Allez ! cria-t-il par-dessus la musique.

Elle secoua de nouveau la tête, en levant les yeux au ciel, cette fois.

— C'est notre dernière chance de danser ensemble ! insista-t-il. On est en terminale !

— Il nous reste encore des mois pour danser, dit Mags en s'arrêtant devant le buffet pour prendre une miniquiche.

Noel descendit du canapé puis monta sur la table basse et tendit le plus possible sa jambe pour atteindre le fauteuil qui se trouvait à côté de Mags.

— C'est notre chanson qui passe, supplia-t-il.

— C'est *Baby Got Back*, répondit Mags.

Noel sourit.

— Raison de plus, je ne danserai jamais avec toi, dit-elle.

— Tu ne danseras jamais avec moi, de toute façon.

— Je fais tout le reste avec toi, protesta-t-elle.

Ce qui était vrai. Elle faisait ses devoirs avec Noel. Elle déjeunait avec Noel. Elle passait le chercher pour aller au lycée.

— Je t'accompagne même chez le coiffeur.

Il toucha ses cheveux, à l'arrière de sa tête. Ils étaient bruns et épais et tombaient en grosses boucles sur son col de chemise.

— Quand tu n'es pas là, ils coupent trop court, Mags.

— Je ne me plains pas. Mais juste, je passe mon tour sur ce coup-là.

— Qu'est-ce que tu manges ? demanda-t-il.

Mags regarda le plateau.

— Un genre de quiche, je crois.

— Je peux en manger ?

Elle en fourra une autre dans sa bouche et la mâcha lentement. Elle n'y décela aucun goût de pignon, de framboise, de kiwi ou de coquillage.

— Je pense que oui.

Elle tendit une miniquiche à Noel, qui se pencha et la lui mangea directement dans la main. Debout sur le fauteuil, il faisait plus de deux mètres. Il portait un costume blanc ridicule. Un trois-pièces. Où pouvait-on bien trouver un costume trois pièces blanc, d'ailleurs ?

— Ch'est bon, dit-il. Merci.

Il tendit la main pour prendre le Coca de Mags, et elle le laissa faire. Puis il écarta aussitôt la canette de sa bouche et inclina la tête sur le côté.

— Margaret. C'est notre chanson qui passe.

Mags écouta.

— C'est vraiment la chanson de Ke$ha ?

— Danse avec moi. C'est notre anniversaire.

— Je n'aime pas danser au milieu des gens.

— Mais c'est comme ça que c'est bien ! Danser, c'est une expérience collective !

— Pour toi, dit Mags en repoussant la cuisse de Noel.

Il vacilla mais ne chuta pas.

— On n'est pas pareils, toi et moi, ajouta-t-elle.

— Je sais, lâcha Noel dans un soupir. Toi, tu peux manger des pignons. Mange un brownie pour moi, tiens.

Mags inspecta le buffet, puis désigna une assiette de brownies aux noix de pécan.

— Ceux-là ?

— Ouais.

Elle en saisit un et mordit dedans. Des miettes tombèrent sur sa robe à fleurs, et elle les épousseta d'un geste de la main.

— C'est bon ? demanda-t-il.

— Très bon. Bien moelleux. Pas sec.

Elle en prit une autre bouchée.

— C'est pas juste, fit Noel en se tenant au dossier du fauteuil pour se pencher plus en avant. Laisse-moi regarder.

Mags ouvrit la bouche et tira la langue.

— Vraiment pas juste, gémit Noel. Ça a l'air super bon.

Elle ferma la bouche en hochant la tête.

— Finis ton délicieux brownie et viens danser avec moi.

— Le monde entier danse avec toi. Laisse-moi tranquille.

Elle attrapa une autre miniquiche ainsi qu'un autre brownie et tourna le dos à Noel. Il n'y avait pas beaucoup d'endroits où s'asseoir, dans la cave d'Alicia, aussi Mags finissait-elle toujours par s'installer par terre. (Et peut-être était-ce d'ailleurs pour ça que Noel se retrouvait chaque fois sur la table basse.) Pony squattait le gros pouf près du bar, dans un coin, et Simini était assise sur ses genoux. Elle sourit à Mags, qui lui répondit avec un petit signe de la main.

Il n'y avait pas la moindre goutte d'alcool derrière le bar. Quand Alicia faisait une fête, ses parents enlevaient toutes les bouteilles. Les tabourets hauts étaient tous occupés, si bien que quelqu'un tendit une main à Mags pour l'aider à s'asseoir directement sur le comptoir.

Elle regarda Noel danser. (Avec Natalie. Puis avec Alicia et Connor. Puis tout seul, les bras sur la tête.)

Elle regarda tout le monde danser. Toutes leurs fêtes avaient lieu dans cette cave. Après les matchs de foot ou les spectacles. Deux ans plus tôt, Mags ne connaissait personne dans cette pièce, en dehors d'Alicia. Maintenant, tous étaient de très bons amis, ou des amis. Ou alors c'étaient des gens qu'elle connaissait suffisamment bien pour savoir qu'il fallait les tenir à distance...

Et il y avait Noel.

Mags finit son brownie et l'observa qui sautait dans tous les sens.

Noel était son unique meilleur ami, même si la réciproque n'était pas vraie. Il était *la* personne qui comptait pour elle. C'était à lui qu'elle parlait en premier, le matin, et à lui qu'elle envoyait son dernier texto, le soir. Ce n'était pas calculé, c'était juste comme ça entre eux. Si elle ne racontait pas un événement à Noel, elle avait presque l'impression que cet événement n'avait pas eu lieu.

Ils s'étaient beaucoup rapprochés quand ils s'étaient retrouvés ensemble en cours de journalisme, au second semestre en seconde. (C'est ce moment-là qu'ils auraient dû choisir pour fêter leur *amiversaire* plutôt que le soir du nouvel an.) Ils avaient ensuite décidé de suivre ensemble les cours de photographie et de tennis.

Ils étaient tellement proches que Mags avait même accompagné Noel à son bal de promo, l'année précédente, alors qu'il avait déjà une petite amie.

— Tu viens avec nous, évidemment, avait dit Noel.

— Amy est d'accord ?

— Elle sait qu'on est inséparables. Elle ne m'aurait sûrement même pas remarqué ni aimé si tu n'avais pas été à côté de moi.

(Noel et Amy ont arrêté de se voir après le bal de promo. Ils n'étaient pas ensemble depuis assez longtemps pour qu'on puisse parler de rupture.)

Mags hésitait à reprendre un brownie quand quelqu'un éteignit la musique et un autre fit clignoter les lampes. Alicia courut vers le bar en criant :

— Il est presque minuit !

— Dix ! lança Pony, quelques secondes plus tard.

Mags jeta un coup d'œil à la ronde pour trouver Noel. Il était sur le canapé et la regardait. Il sauta sur la table basse, vers elle, en souriant d'un air vorace. Noel avait toujours un air vorace, quand il souriait : ses dents prenaient trop de place. Mags prit une profonde inspiration et expira par saccades. (Noel était *la* personne qui comptait pour elle.)

— Huit ! cria l'assemblée.

Noel lui fit un petit signe de la main.

Mags haussa les sourcils.

Il agita de nouveau la main vers elle et fit une mine qui voulait dire : « Viens ! »

— Quatre !

Puis Frankie monta sur la table basse avec Noel et le prit par les épaules.

— Trois !

Noel se tourna vers Frankie et lui sourit.

— Deux !

Frankie haussa les sourcils.

— Un !

Frankie se pencha vers Noel. Et Noel se pencha vers Frankie.

Et ils échangèrent un baiser.

31 décembre 2014, vers 21 heures

Mags n'avait pas encore vu Noel depuis le début des vacances. Il était parti passer les fêtes en famille à Disney World.

Il fait 26 degrés et ça fait 72 heures que je porte des oreilles de souris, lui avait-il écrit par texto.

Elle ne l'avait pas revu depuis ce matin d'août où elle était allée chez lui de bonne heure pour lui dire au revoir avant que son père ne l'emmène à Notre-Dame, dans l'Indiana.

Il n'était pas rentré pour Thanksgiving : les billets d'avion étaient trop chers.

Elle avait suivi les photos qu'il avait postées sur les réseaux sociaux. (Des étudiants de sa résidence universitaire. Des gens dans des fêtes. Des filles.) Elle avait échangé des textos avec lui. Beaucoup de textos. Mais elle ne l'avait pas vu depuis août, pas plus qu'elle n'avait entendu le son de sa voix.

En réalité, elle ne se souvenait pas de sa voix. Elle ne se souvenait même pas d'avoir pensé à la voix de Noel, avant. Était-elle grave et rauque ? Aiguë et douce ? Elle ne savait plus comment elle était – ni à quoi il ressemblait, lui. Elle voyait simplement son visage sur la dizaine de photos qu'elle avait gardées dans son téléphone.

Tu vas chez Alicia, hein ? lui avait-il écrit, la veille. Il était à l'aéroport et s'apprêtait à rentrer chez lui.

Je ne vois pas où je pourrais aller, sinon ? avait répondu Mags.

Cool.

Mags était allée tôt chez Alicia, elle avait arrangé la cave avec elle, puis avait aidé sa mère à faire un glaçage pour les brownies. Alicia arrivait du Dakota du Sud, où se trouvait son université ; elle avait maintenant une alouette tatouée dans le dos.

Mags n'avait pas de tatouage à arborer. Elle n'avait pas changé du tout. Elle n'avait même pas quitté Omaha : elle avait obtenu une bourse pour étudier le design industriel dans une des universités de la ville. Une bourse d'études confortable. Ç'aurait été idiot de partir.

Personne n'arriva à l'heure à la fête, mais tout le monde vint.

— Noel sera là ? demanda Alicia quand la sonnerie de la porte d'entrée cessa de retentir.

Comment je peux le savoir ? eut envie de répondre Mags. Sauf qu'elle le savait.

— Oui, dit-elle.

Elle avait mis un peu de chocolat sur la manche de sa robe et elle gratta avec son ongle pour le faire partir.

Mags s'était changée trois fois avant de se décider.

Elle avait d'abord enfilé une robe que Noel avait toujours aimée – grise avec des pivoines d'un beau rouge –, mais elle ne voulait pas qu'il y voie un manque d'originalité.

Elle s'était donc changée. Puis encore changée. Et elle avait fini par choisir cette robe qu'elle n'avait jamais portée, en dentelle blanc cassé, avec un décolleté, et un collant au motif baroque rose et doré.

Debout devant le miroir de sa chambre, elle s'examinait des pieds à la tête. Ses cheveux brun foncé. Ses sourcils épais et son menton fuyant. Elle avait essayé de se voir avec les yeux de Noel qui la découvrirait pour la première fois depuis le mois d'août. Puis elle avait tenté de faire semblant de s'en moquer.

Puis elle était partie.

Alors qu'elle était presque arrivée à sa voiture, elle avait fait demi-tour et couru jusqu'à sa chambre pour mettre les boucles d'oreilles que Noel lui avait offertes pour ses dix-huit ans – des ailes d'ange.

Mags discutait avec Pony quand Noel arriva enfin. Pony faisait des études d'ingénieur dans une université de l'Iowa. Il avait de nouveau les cheveux longs et une queue-de-cheval, et Simini tirait dessus pour s'amuser. Elle étudiait les arts plastiques dans l'Utah mais allait sans doute changer d'université pour le rejoindre dans l'Iowa. Ou bien ce serait Pony qui irait dans l'Utah. Ou alors ils se retrouveraient à mi-chemin.

— Il y a quoi, entre les deux ? demanda Pony. Le Nebraska ? Zut, on devrait peut-être retourner à la maison, mon cœur.

Lorsque Noel entra, Mags le sentit. (Il était arrivé par la porte de derrière, et un courant d'air froid s'était insinué en même temps que lui.)

Elle jeta un coup d'œil derrière Pony et vit Noel, et Noel la vit – et il traversa la cave, sauta par-dessus le fauteuil, par-dessus la table basse, enjamba le canapé, se faufila entre Pony et Simini, et il enroula ses bras autour de Mags, puis l'entraîna dans une ronde joyeuse.

— Mags ! s'écria Noel.

— Noel, murmura Mags.

Noel serra aussi dans ses bras Pony et Simini. Et Frankie, et Alicia, et Connor. Et tout le monde. Noel aimait serrer les gens dans ses bras.

Puis il revint vers Mags et la poussa contre le mur, la bousculant un peu, se pressa contre elle.

— Oh, Mags ! lâcha-t-il. Ne me quitte jamais.

— Je ne t'ai jamais quitté, rétorqua-t-elle, contre sa poitrine. Je ne suis pas partie.

— Ne me laisse jamais te quitter, dit-il alors.

— Quand repars-tu pour Notre-Dame ?

— Dimanche.

Il portait un pantalon bordeaux (plus doux qu'un jean mais plus rugueux que du velours), un tee-shirt bleu rayé et une veste grise dont les manches étaient retroussées.

Il était plus pâle que jamais.

Ses yeux étaient plus grands et plus bleus que jamais.

Mais ses cheveux étaient coupés court : ras au-dessus des oreilles et de la nuque, avec des boucles brunes qui retombaient sur le front. Mags passa une main à l'arrière de son crâne. Elle avait l'impression qu'il manquait quelque chose.

— Tu aurais dû m'accompagner, Margaret, dit-il. La coiffeuse s'est jetée sur moi et ne voulait plus s'arrêter.

— Non, répondit-elle. C'est plutôt réussi. Ça te va bien.

Tout était comme avant, et tout était différent.

Les mêmes gens. La même musique. Les mêmes canapés.

Mais ils avaient tous évolué chacun de leur côté pendant quatre mois, et dans des directions radicalement différentes.

Frankie avait apporté de la bière et l'avait cachée sous le sofa, et Natalie était déjà ivre en arrivant. Connor était venu avec son nouveau petit ami de l'université, et tout le monde le détesta – d'ailleurs, Alicia essaya maintes fois de prendre Connor à part pour le lui dire. La cave avait l'air plus pleine que d'habitude, mais peu de gens dansaient...

Ceux qui s'y adonnaient étaient aussi rares que dans une fête normale – une fête chez quelqu'un d'autre. D'habitude, *leurs* fêtes étaient différentes. D'habitude, ils étaient vingt-cinq et se connaissaient si bien que tout le monde était à l'aise.

Noel ne dansa pas, ce soir-là. Il resta avec Pony, Simini et Frankie. Planté à côté de Mags.

Elle se félicitait d'avoir continué à échanger des messages avec Noel, de toujours savoir ce qui le préoccupait au réveil. Les blagues que les autres se racontaient dataient de la terminale ; Noel et Mags, eux, étaient à jour.

Noel prit une bière quand Frankie lui en proposa une. Mais lorsque Mags fronça les sourcils, il la tendit à Pony.

— Ça fait pas bizarre d'être à Omaha maintenant que tout le monde est parti ? demanda Simini à Mags.

— C'est comme d'aller dans le centre commercial quand il est fermé, répondit-elle. Vous me manquez tellement.

Noel sursauta.

— Hé ! dit-il à Mags en la tirant par la manche.

— Quoi ?

— Viens. Viens avec moi.

Il l'entraîna loin de leurs amis, hors de la cave, en haut des marches. Quand ils arrivèrent au premier étage, il tendit l'oreille.

— C'est trop loin, on n'entend pas la musique, dit-il.

— Quoi ?

Ils redescendirent l'escalier, s'arrêtèrent à mi-chemin, et Noel changea de place avec elle, de manière qu'elle se tienne sur la marche au-dessus de lui.

— Danse avec moi, Mags, c'est notre chanson qui passe.

Mags pencha la tête sur le côté.

— *A Thousand Years* ?

— C'est notre vraie chanson, dit-il. Danse avec moi.

— Comment ça, notre *vraie* chanson ?

— C'est celle qui passait quand on s'est rencontrés, répondit Noel.

— Quand ?

— Quand on s'est rencontrés, répéta-t-il en balançant sa main, impatient.

— Quand on s'est rencontrés *ici* ?

— Oui. Quand on s'est rencontrés. En bas. En seconde. Et que tu m'as sauvé la vie.

— Je ne t'ai jamais sauvé la vie, Noel.

— Pourquoi tu gâches toujours cette histoire ?

— Tu te souviens de la chanson qui passait quand on s'est rencontrés ?

— Je me souviens toujours de la chanson qui passe. Tout le temps.

Et c'était vrai. La seule chose que Mags réussit à dire, à cet instant, fut :

— Quoi ?

Noel émit un grognement.

— Je n'aime pas danser, reprit-elle.

— Tu n'aimes pas danser *devant des gens*, corrigea-t-il.

— Exact.

— Attends une minute.

Noel poussa un soupir et descendit les marches quatre à quatre.

— Ne pars pas de là ! lui cria-t-il.

— Je ne pars jamais nulle part ! cria-t-elle en réponse.

Elle entendit la chanson reprendre depuis le début.

Puis Noel remonta l'escalier en courant. Il s'arrêta sur la marche en dessous de la sienne et tendit les paumes vers elle.

— S'il te plaît.

Mags soupira et tendit ses mains. Elle ne savait pas trop ce qu'elle devait en faire...

Noel en prit une dans la sienne, plaça l'autre sur son épaule et lui passa un bras autour de la taille.

— Oh ! là, là ! dit-il. C'était si difficile ?

— Je ne comprends pas pourquoi c'est tellement important pour toi. De danser.

— Je ne comprends pas pourquoi c'est tellement important pour toi. De ne pas danser avec moi.

Dans cette position, elle était un peu plus grande que lui. Ils se balançaient.

La mère d'Alicia fit alors son apparition en haut des marches.

— Coucou, Mags ! Coucou, Noel ! Comment ça se passe à Notre-Dame ?

Noel attira Mags contre lui pour laisser passer Mme Porter.

— Bien, répondit-il.

— Votre équipe a vraiment besoin de se secouer, face à Michigan.

— Je ne fais pas partie de l'équipe de foot, l'informa Noel.

— Ça n'est pas une excuse, rétorqua Mme Porter.

Après son passage, Noel ne relâcha pas son étreinte. À présent, son bras était complètement enroulé autour de la taille de Mags, et leurs corps étaient collés l'un à l'autre.

Durant toutes ces années d'amitié, ils s'étaient souvent touchés, étreints. Noel aimait le contact physique. Serrer dans ses bras. Chatouiller, tirer les cheveux. Prendre les gens sur ses genoux. Il avait visiblement embrassé toutes celles qui s'y montraient disposées aux soirées du nouvel an…

Mais jamais Noel n'avait tenu Mags ainsi.

Jamais Mags n'avait senti la boucle de sa ceinture contre sa hanche. Ni son souffle, si proche.

Mme Porter remonta l'escalier, et Noel serra encore un peu plus Mags contre lui.

La mélodie de *A Thousand Years* résonna de nouveau.

— Tu as dit à quelqu'un de la remettre ? demanda Mags.

— J'ai appuyé sur *Repeat*. Ils l'arrêteront quand ils s'en rendront compte.

— Elle était sur la bande-son de *Twilight* ?

— Danse avec moi, Mags.

— C'est ce que je fais.

— Je sais. Ne t'arrête pas.

— OK.

Mags était tellement raide, qu'elle serait restée droite si Noel l'avait lâchée. Elle se détendit donc, se laissa aller à l'étreinte de Noel et posa son bras sur son épaule. Elle toucha de nouveau l'arrière de son crâne, elle en avait envie – quelque chose manquait, décidément.

— Tu n'aimes pas.

— Si, si. C'est différent.

— C'est toi qui es différente.

Mags fit une grimace, l'air de dire : « Tu es fou. »

— Vraiment, murmura Noel.

— Je suis exactement la même. Je suis la seule à être restée la même.

— Non, c'est toi qui as le plus changé.

— Comment ça ?

— Je ne sais pas. On est tous partis, mais c'est comme si c'était toi qui t'étais éloignée.

— N'importe quoi. On se parle tous les jours.

— Pas assez, dit-il. Je n'avais jamais vu cette robe.

— Elle ne te plaît pas ?

— C'est pas ça...

Noel secoua la tête. Mags n'était pas habituée à le voir comme ça, si agité.

— Elle me plaît. Elle est jolie... mais elle est différente. Tu es différente. Je te sens distante.

Il appuya son front contre celui de Mags.

Elle s'écarta.

— On est pourtant très proches, Noel.

Il soupira de frustration, et elle sentit son souffle contre son visage.

— Pourquoi tu n'as pas de petit ami ?

Mags fronça les sourcils.

— Qu'est-ce que tu en sais ?

Il eut un mouvement de recul, l'air catastrophé.

— Et tu ne me le dirais pas ? Un truc aussi important ?

— Si. Bien sûr que si, Noel, je te le dirais. Mais je ne sais pas quoi te répondre. J'ignore pourquoi je n'ai pas de petit ami.

— Ça va être de pire en pire. Tu vas continuer à changer.

— Toi aussi, dit-elle.

— Je ne changerai jamais.

Cela fit rire Mags.

— Tu es un vrai kaléidoscope. Tu changes dès que je regarde ailleurs.

— Et ça ne t'énerve pas ? demanda-t-il.

Mags secoua la tête, frottant son nez contre celui de Noel.

— J'adore ça.

Ils avaient arrêté de se balancer.

— On danse toujours ? demanda-t-elle.

— Oui, on danse toujours. Ne te fais pas trop d'idées, Margaret.

Il lâcha sa main et passa son autre bras autour de sa taille.

— Tu ne partiras pas d'ici.

— Je ne pars jamais, murmura Mags.

Il fit un petit bruit avec sa langue, comme pour signifier qu'elle mentait.

— Tu es ma meilleure amie, dit-il.

— Tu as plein de meilleurs amis.

— Non. Juste toi.

Mags mit ses bras autour de son cou. Elle pressa de nouveau son front contre le sien. Elle percevait l'odeur de sa peau.

— Je ne suis pas encore assez proche, chuchota Noel.

Quelqu'un s'était rendu compte que la chanson tournait en boucle et avait changé de musique.

Quelqu'un d'autre s'était rendu compte que Mags et Noel n'étaient plus là. Natalie alla donc chercher Noel.

— Noel ! Viens danser avec moi ! C'est notre chanson qui passe !

C'était la chanson de Ke$ha.

Noel s'écarta de Mags et lui sourit d'un air penaud. Comme s'il avait été idiot, là, sur ces marches. Mais elle l'excusait, n'est-ce pas ? Et il y avait une fête, en bas, ils devraient y être, non ?

Noel descendit, et Mags le suivit.

La soirée avait pris une autre tournure, en leur absence : tout le monde semblait avoir rajeuni. La plupart avaient enlevé leurs chaussures et sautaient sur les canapés. Ils chantaient les paroles des chansons dont ils avaient toujours chanté les paroles.

Noel enleva sa veste et la lança à Mags. Elle l'attrapa, elle était bonne à ce jeu.

Noel avait l'air bien.

Grand et pâle. Vêtu d'un jean rouge foncé que personne n'oserait porter. Et d'un tee-shirt dont on aurait dit qu'il ne l'avait pas quitté depuis l'année dernière.

Il avait l'air tellement bien.

Et elle l'aimait tellement.

Et Mags ne pouvait pas vivre ça une nouvelle fois.

Elle ne pouvait pas rester à l'autre bout de la pièce et regarder Noel embrasser quelqu'un d'autre. Pas ce soir. Elle ne pouvait pas voir quelqu'un recevoir ce baiser qu'elle attendait tant, depuis le premier jour.

Alors, quelques minutes avant minuit, Mags prit un cookie et fit semblant d'aller dans l'entrée. Ou, peut-être, de se rendre à la salle de bains. Ou encore, d'aller prendre un verre d'eau dans la cuisine.

Puis elle sortit par la porte arrière. Personne ne penserait à la chercher dehors, dans la neige.

Il faisait froid, mais elle enfila la veste de Noel, qu'elle avait gardée. Elle s'appuya contre le muret de la maison d'Alicia, mangea le cookie (Mme Porter faisait les meilleurs cookies au monde) et écouta la musique.

Puis la musique s'arrêta, le compte à rebours était imminent.

Mags était vraiment contente d'être dehors – rester à l'intérieur aurait été trop douloureux. Ça l'était depuis toujours ; cette année, ça pourrait la tuer.

— Sept !

— Six !

— Mags ? appela quelqu'un.

C'était Noel.

— Margaret ?

— Quatre !

— Ici, dit Mags.

Puis, un peu plus fort, elle répéta :

— Ici !

Parce qu'elle était sa meilleure amie. Et parce que, si l'éviter était une chose, se cacher en était une autre.

— Deux !

— Mags...

Elle voyait Noel, à présent, éclairé par un rayon de lune qui passait à travers les planches de la terrasse, au-dessus d'elle. Ses yeux étaient devenus très doux, avec une lueur d'étonnement.

— Un !

Mags hocha la tête et, d'un coup d'épaule, se détacha du mur. Noel la bouscula un peu, la plaqua contre la maison, se pressa contre elle.

Il l'embrassa, à en perdre haleine.

Mags glissa ses mains derrière la tête de Noel, appuya son visage contre le sien, son menton, sa bouche ouverte.

Noel la tenait par les épaules, fort.

Au bout de quelques minutes – peut-être plus que quelques minutes, peut-être un long moment –, tous deux semblaient avoir compris que l'autre ne s'enfuirait pas.

Ils se calmèrent.

Mags caressa les boucles de Noel, les écarta de son visage. Noel serra de plus belle Mags contre le mur, son bassin contre le sien, ses épaules contre les siennes, et il l'embrassa au rythme de la musique qui jouait à l'intérieur, quelle que fût la chanson.

Quand il s'écarta, elle voulut lui dire qu'elle l'aimait ; lui dire de ne pas s'arrêter.

— Non..., supplia Mags quand Noel finit par lever la tête.

— Mags, murmura-t-il. Je ne sens plus mes lèvres.

— Alors ne m'embrasse plus. Mais ne pars pas.

— Non...

Noel s'écarta légèrement, et Mags eut soudain froid.

— Je ne sens plus mes lèvres, répéta-t-il. Tu étais en train de manger des fraises ?

— Oh, c'est pas vrai ! s'écria-t-elle. J'ai mangé un cookie.

— Un cookie ?

— Des noix de cajou... Et sûrement d'autres fruits à coque.

— Ah...

Mags entraîna aussitôt Noel un peu plus loin.

— Tu as un médicament sur toi ?

— Du Benadryl. Dans ma voiture. Mais ça me fait dormir. Je vais bien, t'inquiète.

— Où sont tes clés ?

— Dans ma poche, dit-il en désignant sa propre veste.

Il semblait avoir la langue pâteuse.

Mags trouva les clés et traîna Noel derrière elle. Sa voiture était garée dans la rue, le Benadryl était dans la boîte à gants. Noel en prit un comprimé, tandis qu'elle restait là, les bras croisés, attendant la suite.

— Tu respires bien ? demanda-t-elle.

— Oui, ça va.

— Qu'est-ce que ça te fait, en général ?

Il sourit.

— *Ça* ne s'était encore jamais produit.

— Tu sais bien de quoi je parle.

— J'ai des picotements dans la bouche. Ma langue et mes lèvres enflent. J'ai de l'urticaire. Tu veux regarder si j'en ai, grosse gourmande ?

— Et ensuite ? le pressa-t-elle.

— Ensuite rien. Ensuite je prends du Benadryl. J'ai un EpiPen, mais je n'ai jamais eu besoin de m'en servir.

— Il faut que je vérifie, trancha-t-elle.

Il sourit de nouveau et leva les bras. Elle les examina, souleva son tee-shirt rayé... Sa peau était pâle. Il avait la chair de poule et des taches de rousseur sur le torse qu'elle ne lui connaissait pas.

— Je crois que ça va, dit-elle.

— Je sens que le Benadryl fait déjà effet.

Il baissa les bras et les passa autour de Mags.

— Ne m'embrasse plus.

— Pas tout de suite, non. Pas tout de suite.

Elle se pencha vers lui, posa sa tempe contre son menton, et ferma les yeux.

— Je savais que tu me sauverais la vie, dit-il.

— Je n'aurais jamais eu à le faire si je ne t'avais pas à moitié tué.

— Tu es bien présomptueuse. Ce sont les fruits à coque qui cherchent à me tuer.

Elle acquiesça.

Et ils se turent durant quelques minutes.

— Noel ?

— Mmh ?

Il fallait qu'elle lui pose cette question. Elle se fit violence.

— Est-ce que c'était pour de faux ?

— Je te promets que non, Mags. Je ne m'amuse pas à simuler une réaction allergique.

— Non, pas ça, corrigea-t-elle. Le baiser.

— Ce n'était pas seulement un baiser...

— Tout ça : est-ce que c'était juste... pour faire bien dans le décor ?

Mags s'attendait à ce qu'il dise une bêtise.

— Non, répondit-il.

Puis il ajouta :

— Et toi ? Est-ce que c'était pour me faire plaisir ?

— Absolument pas. J'avais l'air de faire ça pour te faire plaisir ?

Noel secoua la tête, frottant son menton contre la tempe de Mags.

— Qu'est-ce qu'on va faire ? demanda Mags.

— Je ne sais pas… Je sais que les choses doivent changer, je ne veux pas te perdre. Je crois que je ne retrouverai jamais quelqu'un comme toi.

— Je ne pars pas, Noel. Je ne vais nulle part.

— Si, dit-il en la serrant contre lui. Et c'est bien. Mais… j'ai besoin que tu m'emmènes.

Mags ne savait pas quoi répondre à ça.

Il faisait froid. Noel frissonnait. Elle aurait dû lui rendre sa veste.

— Mags ?

— Oui ?

— De quoi as-tu besoin, toi ?

Mags avala sa salive, la gorge serrée.

Durant les trois années où Noel et elle avaient été amis, elle avait passé son temps à prétendre qu'elle n'avait besoin de rien d'autre que ce qu'il lui donnait. Elle se disait qu'il y avait une différence entre vouloir quelque chose et en avoir besoin…

— J'ai besoin de t'avoir pour moi, confia Mags. J'ai besoin de te voir. Et de t'entendre. J'ai besoin que tu restes en vie. Et j'ai besoin que tu arrêtes d'embrasser d'autres personnes juste parce qu'elles sont à côté de toi à minuit, le soir du nouvel an.

Noel rit.

— J'ai aussi besoin que tu ne te moques pas de moi.

Il reprit son sérieux et la fixa.

— Tu peux avoir tout ça, dit-il prudemment. Et tu peux m'avoir pour toi, Mags, si c'est ce que tu veux.

— Je l'ai toujours voulu, fit-elle, effarée de constater à quel point c'était vrai.

Noel se pencha vers elle pour l'embrasser, elle appuya son front sur ses lèvres.

Ils étaient calmes.

Et il faisait froid.

— Bon anniversaire, Mags.

— Bonne année, Noel.

ÂMES SŒURS

Lundi 14 décembre 2015

Quand Elena arriva, deux personnes étaient déjà assises devant la salle de cinéma. Elle ne serait donc pas la première dans la file d'attente. Pas grave. Elle était là, elle allait *le* faire, c'était ça le plus important.

Elle prit son sac de couchage et son sac à dos rempli de livres, de nourriture et de lingettes antibactériennes, et elle sortit de la voiture le plus vite possible, craignant que sa mère tente encore de la dissuader.

Sa mère baissa sa vitre et fronça les sourcils en regardant Elena.

— Je ne vois pas de sanisettes.

Elena avait dit qu'il y aurait des sanisettes.

— Je trouverai une solution, répliqua calmement Elena. Ces types vont aussi en avoir besoin, ils vont en chercher.

— Ce sont des hommes, rétorqua sa mère. Ils peuvent faire pipi où ils veulent.

— Je me retiendrai.

— Pendant quatre jours ?

— Maman...

Autrement formulé : *On a déjà parlé de ça. On en a parlé pendant des semaines. Je sais que tu n'es pas d'accord. Mais je le fais quand même.*

Elena laissa tomber son barda sur le trottoir, derrière un grand brun qui était le deuxième de la file.

— OK, maman, lança-t-elle à sa mère d'une voix joyeuse. J'ai tout ce qu'il me faut. À jeudi !

Sa mère fronçait toujours les sourcils.

— On se voit après le déjeuner, lâcha-t-elle avant de remonter sa vitre.

Et elle s'en alla.

Elena prit place dans la queue, en affichant son plus beau sourire spécial « rentrée des classes ». Le garçon devant elle – il avait l'air d'avoir à peu près son âge, dix-sept ou dix-huit ans – ne leva pas les yeux. Le premier de la file était un grand type avec une barbe blonde. Il avait plutôt l'âge d'être son prof, et il était assis sur une chaise pliante de camping, les pieds posés sur une grosse glacière.

— Hé ! s'écria-t-il gaiement. Bienvenue à *Star Wars* ! Bienvenue dans la file d'attente !

Lui, c'était Troy ; elle l'apprit rapidement. Il faisait la queue depuis jeudi matin.

— Je voulais consacrer au moins une semaine à ça, tu vois. Pour être vraiment dedans.

Le type plus jeune, Gabe, était arrivé jeudi soir.

— Il y a un couple qui est resté avec nous pendant quelques heures, samedi, ajouta Troy. Mais l'un des deux avait oublié ses lunettes de soleil, alors ils sont rentrés chez eux. Les mauviettes !

Elena non plus n'avait pas apporté les siennes, et le soleil l'obligeait à plisser les paupières.

— Je parie que c'est ta première fois dans une file d'attente, dit Troy.

— À quoi tu vois ça ? demanda-t-elle.

— Je le sais, fit-il en gloussant. Je le vois toujours. C'est aussi la première fois pour Gabe.

— Ils étaient huit à la sortie du dernier *Star Wars*, lâcha l'intéressé sans lever les yeux de son livre.

— *La Revanche des Sith* ! s'exclama Troy. C'était même pas une file d'attente. Pas comme pour *L'Empire*.

— Rien ne vaut *L'Empire*, dit Elena.

Le visage de Troy s'assombrit.

— Écoute bien, Elena...

Bon, d'accord... Elle s'attendait à trouver plus de gens, ici.

Le groupe Facebook qu'elle avait déniché – « Camping *Star Wars* : Omaha !!! » – avait quatre-vingt-cinq membres, sans compter Elena, qui était plus une *rôdeuse* qu'un membre actif. C'était pourtant la bonne salle de ciné ; les posts Facebook avaient été précis sur ce point. (C'était peut-être même Troy qui les avait écrits.)

Elena avait prévu de continuer à jouer son rôle de plus-rôdeuse-qu'active. Elle s'était dit qu'elle se pointerait puis se fondrait dans la masse en attendant de se sentir bien dans ses baskets. Une cinéphile dans la bonne file. C'était une stratégie qui avait fait ses preuves dans la plupart des situations en société : arriver, s'effacer, laisser quelqu'un d'autre briser la glace et se mettre sur le devant de la scène. Car il y avait toujours quelqu'un pour ça. Merci, les extravertis !

Mais, même pour une introvertie comme Elena, il était difficile de faire profil bas dans une foule de trois personnes. (Et c'était visiblement ce qu'essayait de faire ce mioche de Gabe.) Elena allait passer quatre jours ici. Elle serait bien obligée de *parler* à ces gens, au moins jusqu'à ce que quelqu'un d'autre arrive.

— Il fait assez froid pour toi ? demanda Troy.

— Je crois en effet que je suis un peu trop couverte, répondit Elena.

Elle avait trois couches de vêtements en bas et quatre en haut, et aussi, dans son sac, un épais manteau, au cas où. Si toutefois la température chutait brutalement – ce qui était fréquent, en plein mois de décembre à Omaha –, elle devrait rentrer à la maison. Mais les prévisions étaient plutôt bonnes. (Merci le réchauffement climatique ?)

— À quoi ils pensaient, quand ils ont programmé la sortie de ce film en fin d'année ? reprit Troy. Pas à nous, en tout cas. C'est au mois de mai qu'il faut sortir un *Star Wars*. Si ce film était sorti en mai, la queue ferait déjà le tour du pâté de maisons.

— Heureusement pour nous, on est les premiers, dit alors Elena.

— Oh, j'aurais été le premier de toute manière, rétorqua Troy. Je suis là pour ça, tu sais.

Il mit ses mains en porte-voix et cria :

— Je suis là pour ça !

Moi aussi, pensa Elena.

Elena ne se rappelait pas la première fois où elle avait vu un film de *Star Wars*, de la même manière qu'elle ne se rappelait pas la première fois où elle avait vu ses parents. *Star Wars* faisait partie de sa vie depuis toujours. Elle avait eu un Chewbacca en peluche dans son berceau.

Les trois premiers films de la trilogie originale étaient les films préférés de son père – il les connaissait presque par cœur – et, quand Elena était petite, à quatre ou cinq ans, elle disait que c'étaient aussi ses films préférés. Parce qu'elle voulait lui ressembler.

Ensuite, en grandissant, les films ont commencé à vraiment faire partie d'elle-même. Elle les *ressentait* plus qu'elle ne les visionnait. Ils lui appartenaient. Et elle avait continué dans cette voie. Elle avait beau grandir et changer, *Star Wars* lui restait proche, se métamorphosant avec elle.

Quand elle avait découvert qu'il y aurait une suite – une vraie suite, pour Han, Leia et Luke, après la sortie de la « prélogie » –, elle avait paniqué. C'était là qu'elle avait décidé de faire la queue. Elle ne voulait pas rater ce moment. Ce moment unique dans le monde, mais surtout dans sa vie.

Si on crevait le cœur d'Elena, il en sortirait *Star Wars*. C'était un jour sacré pour elle, un événement cosmique. L'alignement de ses planètes : Tatooine, Coruscant, Hoth.

Et Elena serait là.

Son pied gauche était devenu insensible. Elle continua à le taper contre le sol puis se leva et sauta sur place.

— Ta jambe est encore engourdie ? demanda Troy. Je m'inquiète pour ta circulation sanguine.

— Ça va, dit Elena en frappant le trottoir de plus belle.

Elle n'était là que depuis deux heures, mais elle s'ennuyait déjà tellement qu'elle ne tenait plus. Elle se sentait aussi engourdie que sa jambe.

Elle avait apporté beaucoup de livres. (Elle avait prévu de lire des *Star Wars* si elle avait un moment de tranquillité dans la queue. Et c'était clairement le cas, pour l'instant.) Mais le vent n'arrêtait pas de faire tourner les pages et le soleil qui se réverbérait sur le papier la faisait pleurer.

Rien de tout cela ne semblait déranger Gabe le silencieux, qui lisait son livre de poche sans faire attention à la luminosité, à la circulation, à Troy, à Elena… ni même à la mère d'Elena, qui passait pourtant devant eux en roulant très lentement, comme les gens qui cherchent à acheter de la drogue.

La Marche impériale retentit et Elena décrocha son téléphone.

— Tu ne veux pas que je te ramène à la maison ? demanda sa mère à l'autre bout du fil. Tu reviendras faire la queue quand il y aura plus de filles.

— Je suis bien, là, répondit Elena.

— Mais tu ne connais pas ces types. Ce sont peut-être des prédateurs sexuels.

— Ça ne me semble pas être l'endroit idéal pour agresser quelqu'un, murmura Elena en lançant un regard vers Gabe, toujours plongé dans son bouquin.

Il était pâle, avec des joues roses et des boucles couleur chocolat au lait. Il ressemblait à la cousine toute maigre de Clark Kent.

— Fais vraiment attention, insista sa mère. Tu fais bien plus jeune que ton âge.

— On en a déjà parlé, marmonna Elena.

Des milliers de fois, même : « Tu as l'air d'avoir douze ans », répétait sa mère. Et Elena ne pouvait pas vraiment la contredire : elle était petite et menue. Elle aurait pu s'habiller au rayon enfants. Et le fait qu'elle soit d'origine vietnamienne semblait fausser la perception que les non-Asiatiques avaient d'elle. On la prenait toujours pour une ado.

Mais que pouvait-elle y faire ? Se comporter comme telle jusqu'à ce qu'elle ait l'air d'une adulte ? Se mettre à fumer et s'abîmer la peau au soleil ?

« Ça n'est pas parce que j'ai l'air d'avoir douze ans qu'il faut me traiter comme si j'avais douze ans, répondait Elena. J'entre à l'université l'année prochaine. »

— Tu m'avais dit qu'il y aurait d'autres filles, poursuivit sa mère.

— Il va y en avoir.

— Parfait. Alors je te ramènerai une fois qu'elles seront là.

— Je dois te laisser, dit Elena. Il faut que j'économise la batterie de mon téléphone.

— Elena...

— Je te laisse !

Et Elena raccrocha.

Des employés du cinéma arrivèrent vers 14 heures. L'un d'eux, qui semblait être le directeur – un Latino d'une trentaine d'années vêtu d'un pantalon marron et d'une cravate assortie –, s'arrêta devant la queue en croisant les bras.

— On a une nouvelle, on dirait ?

Elena sourit. Mais il ne lui rendit pas son sourire.

— Tu sais que tu peux acheter ton billet en ligne, hein ?

— J'ai déjà acheté mon billet, répondit Elena.

— Dans ce cas, ta place est garantie. Tu n'es pas obligée de faire la queue.

— Euh... Tout va bien, merci.

— Vous n'arriverez pas à la dissuader, intervint Troy. C'est une pure et dure.

— Je ne cherche à dissuader personne, répondit le directeur, sur la défensive. J'explique juste que c'est une attente inutile.

— Les actes inutiles sont les meilleurs, rétorqua Troy. Ouvrez la porte, maintenant. Ma vessie est sur le point d'exploser.

Le directeur poussa un soupir.

— Je ne suis pas tenu de t'autoriser à utiliser les toilettes, tu sais.

— Laissez tomber, Mark, répliqua Troy. Ils avaient essayé au moment de *La Menace fantôme* et déjà là ça n'avait pas marché.

— Je devrais t'expédier au Starbucks, grommela le directeur devant la porte en tournant la clé pour l'ouvrir.

Troy se leva et s'étira dans tous les sens.

— Chacun son tour, dit-il à Elena. Dans l'ordre d'arrivée.

Elle acquiesça.

Le directeur, Mark, tint la porte à Troy tout en observant Elena.

— Tes parents savent que tu es ici ?

— J'ai dix-huit ans, répondit-elle.

Il parut étonné.

— Ah, d'accord. Tu es donc assez grande pour décider de perdre ton temps.

Elena espérait que Gabe parlerait un peu plus en l'absence de Troy. Cela faisait des heures qu'ils étaient assis l'un à côté de l'autre, et il avait à peine prononcé quelques mots. Elle songea qu'il restait peut-être silencieux pour éviter que Troy n'ait encore envie de raconter une de ses histoires. (Troy avait *tellement* d'histoires en stock – il était venu camper là à toutes les nouvelles sorties de *Star Wars* depuis *L'Empire contre-attaque*, et il était visiblement ravi quand il avait un public attentif.)

Mais Gabe, avec son caban bleu marine et ses lunettes gris métallisé, ne levait pas le nez de son histoire de la polio.

Quand Troy sortit avec un mégapaquet de pop-corn, Gabe fit un signe de tête à Elena.

— Vas-y.

— Moi ça va, affirma Elena. Je viens juste d'arriver.

En vrai, ça n'allait pas : son envie était si pressante qu'elle avait peur d'une fuite si elle se levait.

Gabe ne bougea pas. Elena se mit donc debout et entra dans le cinéma. Le directeur ne la quitta pas des yeux un seul instant, comme si elle risquait de se faufiler dans la salle pour voir un film. Ce qu'elle aurait dû faire. Il faisait si bon, à l'intérieur.

Quand elle ressortit, Gabe s'y rendit à son tour.

— Il faut qu'on garde sa place et qu'on surveille ses affaires comme si c'était les nôtres, déclara Troy. C'est le règlement, dans la file.

Il lui tendit le paquet de pop-corn, par-dessus le sac de couchage de Gabe. Elena en prit une poignée.

— Qu'est-ce qui peut annuler le règlement ?

— Comment ça ?

— Est-ce qu'il existe des raisons qui font que quelqu'un peut perdre sa place ?

— Bonne question. Y a des trucs évidents. Si quelqu'un s'en va sans prévenir personne ni laisser de garantie, il est *out*. Je pense qu'il y a aussi une limite de temps. Genre, tu ne peux pas rentrer chez toi faire la sieste et espérer retrouver ta place en revenant. Tous ceux qui sont là le méritent, tu vois. Aucun passe-droit. Même s'il y a quelques exceptions...

— Ah bon ?

— On est des êtres humains, quand même. Dans la queue pour *La Menace fantôme*, on avait un gars qui devait s'absenter pour aller à sa thérapie. On lui a gardé sa place. Mais un autre type a essayé de partir au travail, il a dit que sinon il serait renvoyé... On a sorti sa tente de la file.

— Sérieux ?

Elena en fit tomber son pop-corn. Elle le ramassa.

— C'est violent, ajouta-t-elle.

— Non, c'est la vie, lâcha Troy d'un air grave. On risquait tous de perdre notre boulot. J'ai campé là pendant trois semaines. Tu crois qu'on m'a donné trois semaines de vacances, au zoo ?

— Tu travailles au zoo ?

— Tu dois faire des sacrifices pour vivre cette expérience, dit Troy, ignorant la question d'Elena. C'est pour ça qu'on est là. Il faut laisser du sang sur l'autel. Tu as entendu Mark. Si tu veux juste voir le dernier *Star Wars*, tu peux très bien acheter ton billet en ligne et ne plus t'en soucier jusqu'à l'heure de la séance. Mais si tu veux faire la queue, eh bien, tu fais la queue, tu vois.

Elena hocha la tête. Gabe était de nouveau sur le trottoir.

— Tu viens de m'éjecter de la file, là ? demanda-t-il.

Cela fit rire Troy.

— Non, mon pote, t'en fais pas. Tu veux du popcorn ?

Gabe se servit dans le paquet puis s'assit par terre.

Elena attendait ce jour depuis des mois. Elle l'organisait depuis des semaines.

Ce qui se passait là ne correspondait pas à ce qu'elle avait imaginé. Elle avait l'impression d'être dans un ascenseur avec deux inconnus. D'être *coincée* dans un ascenseur, en fait, pas dans une file d'attente.

Elena s'était attendue à... plus de gens, déjà. Et à quelque chose de plus joyeux, de plus festif !

Elle avait cru que ça ressemblerait aux nombreuses photos qu'elle avait vues, enfant, quand sortait le dernier *Star Wars*. Tous ces fans dans la rue, en communion.

Elena était trop jeune, à l'époque, pour camper dehors. Son père ne voulait même pas la laisser voir la prélogie. Il disait qu'elle était trop petite. Et ensuite, quand elle avait eu l'âge, il avait prétendu que ces épisodes étaient trop mauvais. « Ils ne feront qu'abîmer ton amour pour *Star Wars,* avait-il affirmé. J'aimerais ne jamais les avoir vus. »

Même si *Star Wars* était ce qui comptait le plus dans sa vie quand elle avait dix ans, Elena n'avait donc pas pu prendre part à la fête.

Elle avait dix-huit ans, désormais. Elle pouvait faire ce qu'elle voulait. Mais où était la fête ?

L'après-midi se révéla encore plus assommant que la matinée.

Sa mère passa devant elle trois ou quatre fois. Elena fit semblant de ne pas la voir. Elle lut quelques chapitres d'un *Star Wars.* Troy lui indiqua que les livres de science-fiction n'étaient plus à la mode – « Disney les a écrasés ». Elena répondit qu'elle s'en fichait, qu'elle continuait à les aimer quand même.

À la tombée de la nuit, les gens commencèrent à arriver pour les séances du soir, et Troy se disputa avec Mark à propos du pop-corn.

— C'est marqué : « Pop-corn à volonté durant la même journée », revendiqua Troy.

— Tu interprètes selon ce qui t'arrange, rétorqua Mark.

Elena continuait à espérer que certaines des personnes qui se dirigeaient vers la salle étaient venues rejoindre leur file d'attente – deux types d'une trentaine d'années arborant des tee-shirts *Star Wars* semblaient être de parfaits candidats, ainsi qu'une poignée d'étudiantes qui avaient l'air d'être de vraies geeks. Mais ils passèrent tous devant elle.

Elena avait enlevé ses vêtements pour ne garder que son tee-shirt princesse Leia, mais, maintenant que le soleil était couché, elle avait remis toutes ses couches.

Sa mère avait peut-être raison, finalement. Elena aurait peut-être mieux fait de partir et de revenir quand la file d'attente aurait vraiment ressemblé à quelque chose...

Mais que dirait Troy, alors ? « Il y avait une fille asiatique qui est restée avec nous quelques heures. Puis sa mère l'a obligée à rentrer. »

C'était bien le problème : si Elena s'en allait, c'était définitif.

Elle s'emmitoufla dans son sac de couchage et enfila jusqu'aux yeux un bonnet en laine avec un gros pompon rouge, ce qui lui donnait l'air encore plus jeune.

Sa dispute avec Mark semblait avoir déprimé Troy. Il mit ses écouteurs et regarda Netflix sur son smartphone. Elena l'observa, jalouse : elle mourait d'envie d'aller sur son portable. Toute son existence y tenait. Si seulement elle pouvait lire de la fanfiction ou échanger des messages avec ses amis, elle supporterait beaucoup mieux de rester ainsi dans le froid et l'obscurité. Mais elle n'avait qu'une seule batterie de secours pour tenir quatre jours... Heureusement, il faisait encore assez clair pour lire. Elle était assise juste en dessous d'une affiche éclairée de *Star Wars.*

Sa mère se gara de nouveau devant l'établissement à 22 heures. Elena se leva et s'approcha de la voiture.

— Je n'aime pas ça, lâcha sa mère. Les gens vont penser que tu es une SDF.

— Personne ne va penser ça.

— Les SDF vont t'embêter.

— Sûrement pas.

— J'ai parlé avec Janet et elle dit qu'on peut acheter son billet en ligne.

— Ça n'est pas la question.

— C'est juste que..., reprit sa mère en se frottant la tempe. Elena, je crois que c'est la chose la plus stupide que tu aies faite de toute ta vie.

— Tant mieux, maman. Imagine un peu à quel point ça aurait pu être pire.

Sa mère fronça les sourcils et lui tendit une boîte contenant un plat chaud.

— Tu répondras à tes messages ce soir ?

— Promis.

Elena s'éloigna du véhicule.

— Ne vous en faites pas pour elle ! cria Troy. Elle est entre de bonnes mains !

La mère d'Elena eut l'air horrifiée. Mais elle partit quand même.

— Désolé, dit Troy. Est-ce que j'ai fait une gaffe ?

— C'est bon, répondit Elena en rejoignant sa place, près du mur.

Le directeur de la salle, Mark, vint de nouveau les voir pour leur proposer d'utiliser une dernière fois les toilettes, ce qui était plutôt gentil de sa part.

Troy s'endormit vers 23 heures, affalé sur sa chaise, un coussin gonflable calé entre sa tête et le mur. Il s'était enroulé dans une couverture en polaire, avait posé sa tête contre l'oreiller, et voilà.

Elena avait prévu de dérouler son sac de couchage et de dormir à même le sol. Mais ça, c'était quand elle imaginait qu'il y aurait des dizaines de personnes en train de camper là. Avec seulement trois gus, c'était différent, et elle se sentait trop exposée, en bout de queue. Si elle s'endormait allongée par terre, quelqu'un pouvait facilement venir et la traîner plus loin sans que Troy ou Gabe s'en rendent compte.

Elle ne pensait pas avoir peur de Troy et Gabe. Troy n'avait rien dit de vicelard jusqu'à présent. Même pas sur la princesse Leia. Et Gabe n'avait pas l'air de s'intéresser à Elena.

Sa mère ne leur faisait pas confiance, mais elle ne faisait confiance à aucun garçon. Elle en avait surtout après les Blancs. « Les Blancs sont les pires. Ils te rappent les paroles de 2 Live Crew[1] et s'attendent à ce que tu ries. » De surcroît, depuis que le père d'Elena et elle s'étaient séparés, quatre ans plus tôt, sa mère en voulait à tous les hommes, quels qu'ils soient, et en particulier quand il s'agissait d'Elena. « Tire les leçons de mes erreurs », disait-elle.

---

1. Groupe de rap américain caractérisé par ses morceaux à connotation sexuelle.

Quelles leçons ? se demandait Elena. Éviter les hommes – surtout ceux qui achètent des sabres laser comme dans les films ? Éviter l'amour ?

D'habitude, quand sa mère la mettait en garde de cette manière, Elena se contentait de faire une moue. Comme pour dire : « Cool, Raoul. »

Parce que ça n'était vraiment pas un souci. Éviter les hommes ? C'était fait. Cela n'avait jamais été un problème pour elle. Quand les autres filles se plaignaient en se demandant comment gérer l'attention insistante d'un homme, Elena ne se sentait pas vraiment jalouse, mais elle était curieuse : comment faire pour susciter cette attention-là ? Et était-ce possible de la susciter seulement un peu ? À petite dose, pour garder la main ? Ou est-ce que l'attention des garçons, c'était forcément tout ou rien ? Comme un robinet qu'on ne peut, une fois ouvert, jamais refermer ?

Elena commençait à claquer des dents alors qu'il ne faisait pas si froid. En fait, l'humidité du sol transperçait son sac de couchage, son jean, son collant et son legging, jusqu'à ses os.

— Tu dois mettre quelque chose sous ton sac de couchage, lui expliqua Gabe. Pour l'isoler du sol.

Elle regarda au niveau des fesses de Gabe. Il souleva un peu son sac de couchage. Il s'était installé sur du carton – deux ou trois panneaux de carton.

— Ça marche ? demanda-t-elle.

— Ça aide.

— Mais je n'ai pas de carton avec moi...

Gabe poussa un soupir.

— Garde-moi ma place.

Il se redressa et s'extirpa de son sac de couchage. Puis il s'éloigna dans la rue et disparut derrière les immeubles. Il revint quelques minutes plus tard en portant des cartons vides. Des cartons de raisins secs et de nounours en gélatine.

— Prends ma place.

— Comment ça ?

— Va là-bas. À moins que tu ne veuilles pas être entre nous. Troy est un très bon coupe-vent.

Elena se traîna jusqu'aux cartons de Gabe, en emportant ses affaires. Gabe se construisit rapidement un nouveau nid et s'y installa.

— Ça aide carrément. Merci, Gabe.

Elle réfléchit un instant pour savoir si elle se sentait moins en sécurité entre ces deux étrangers que tout au bout. Non. C'était pareil.

— En fait, tu préfères que ce soit moi qui me retrouve à écouter les histoires de Troy, murmura-t-elle.

— On pourra rééchanger demain matin, répondit Gabe.

— Tu le connais ? fit-elle. Troy.

— Je ne le connaissais pas avant. Mais ça fait quatre jours que je suis assis à côté de lui...

Gabe prit son livre.

— Merci, répéta Elena.

Gabe ne répondit pas.

Mardi 15 décembre 2015

Elena avait l'impression de ne pas avoir dormi. Et pourtant, si. Elle se réveilla, avachie sur son sac à dos, un filet de salive froide sur le menton.

— *Star Wars* ! cria quelqu'un dans une voiture qui passait là.

— *Star Wars* ! répondit Troy en levant le poing.

Oui, Star Wars, songea Elena. C'était ça qui manquait à cette expérience : davantage de *Star Wars.*

Elena allait réagir.

Même si ça n'était pas la démonstration collective, amicale et festive à laquelle elle s'était attendue, ça pouvait néanmoins être *quelque chose.* Un moment particulier et mémorable. Elle, Elena, le rendrait mémorable.

— Que dit le règlement de la file sur le fait d'aller au Starbucks ? demanda-t-elle.

Troy répondit :

— C'est accepté, à condition que tu nous rapportes quelque chose.

Elena parcourut les six pâtés de maisons jusqu'au Starbucks. Elle traîna un moment aux toilettes, où elle se dessina des petits Yoda sur les joues. Elle demanda ensuite à la serveuse d'écrire des noms de personnages sur les gobelets. Troy était Amiral Ackbar, Gabe Général Dodonna, et elle Mon Mothma.

De retour dans la file d'attente, elle sortit son téléphone et prit un selfie d'elle avec les garçons derrière. Gabe ne regarda pas l'appareil, mais Troy joua le jeu. *Troisième dans la queue !* posta-t-elle sur Instagram. Ça sonnait mieux que : *Dernière de la queue !*

— J'adore tes dessins sur le visage, dit Troy. J'ai un déguisement, mais je le garde pour la première.

— Tu portes toujours un déguisement pour la première ? demanda Elena.

— Ouais. En général, je campe avec.

— Parle-moi de tes déguisements.

— Tu veux dire ceux pour la première ? Ou tous mes déguisements de *Star Wars*, y compris ceux pour les fêtes d'Halloween et de May the Fourth[2] ?

— On veut que tu nous parles de tous tes déguisements. Pas vrai, Gabe ?

Gabe la dévisagea comme si elle était folle.

Après en avoir terminé avec les costumes de Troy, Elena l'interrogea sur les hauts et les bas de ses expériences précédentes dans les files d'attente. Puis elle proposa de faire un quiz *Star Wars* – mais elle se

2. Journée mondiale consacrée à la saga de Georges Lucas.

rendit rapidement compte que c'était une mauvaise idée, car elle était incapable de répondre aux questions sur la prélogie, et elle ne voulait pas que Troy et Gabe s'aperçoivent qu'elle n'avait pas vu ces épisodes.

Elena aurait pu les voir, depuis le temps. Elle aurait pu voir les trois épisodes de la prélogie après que son père était parti vivre en Floride, mais elle aurait encore eu l'impression de le trahir. Et si son père, lui, l'avait trahie en partant, elle n'avait pas envie de les regarder juste pour se venger. Pour le coup, elle aurait eu le sentiment d'abîmer son amour pour *Star Wars*. « Un Jedi utilise la Force pour la connaissance et la défense, jamais pour l'attaque » (Yoda).

La mère d'Elena passa plusieurs fois en voiture au cours de la matinée. Elena se fendit d'un signe de la main enjoué, comme pour montrer que c'était le plus beau jour de sa vie.

Personne ne vint allonger la file d'attente.

Le grand événement du mardi après-midi fut la venue du photographe du journal local.

— Je cherche la queue pour *Star Wars*, annonça-t-il.

Il avait un énorme appareil photo avec un objectif hyper long.

— C'est nous ! s'écria Troy.

— Ah..., lâcha le photographe en les dévisageant, les sourcils froncés. Je pensais qu'il y aurait une vraie queue, avec des gens déguisés.

— Revenez le soir de la première, suggéra Troy. Quand vous me verrez en Poe Dameron, vous serez scotché.

Le photographe observa les joues d'Elena.

— C'est Shrek ?

— Mais non ! Yoda, enfin ! lança Gabe.

Pour finir, le reporter prit un gros plan de Troy tenant un cliché de lui dans une queue bien plus impressionnante, quinze ans plus tôt.

Un peu humiliant pour eux et pour leur file d'attente. (Bon. Ils ne formaient pas *vraiment* une file d'attente. C'était juste trois fans transis de froid. Trois gogos qui s'étaient pointés à une fête imaginaire… Statistiquement parlant, ils ne comptaient même pas !)

Après le départ du photographe, Elena ne relança pas la discussion enjouée. Gabe s'excusa et partit faire le tour du pâté de maisons. Troy se mit à regarder la télé sur son smartphone.

Elena sortit un instant son téléphone, le temps de faire une photo de ses baskets fleuries. *Je ne sens définitivement plus mes pieds,* posta-t-elle. *#ProblèmeFileAttente.* Puis elle rangea *illico* son portable, avant de commencer à se balader en suivant une ligne, pour s'amuser.

Quand Gabe revint, il tirait une tête pas possible. Jamais Elena n'avait vu quelqu'un faire à ce point la tête, pas même sa mère. C'était l'après-midi le plus interminable de sa vie.

Arrivé au mardi soir, un profond malaise s'était installé. Un malaise comme quand Luke regarde les deux soleils de Tatooine.

Elena se cachait le visage quand des spectateurs arrivaient. Elle ne releva la tête que lorsque sa mère passa, vers 22 heures. *Faisons bonne figure.*

Quand Elena se leva pour aller vers la voiture, son corps était complètement engourdi par le froid et l'immobilité. Sa mère lui tendit une bouillotte par la fenêtre.

— Tiens.

Elle était tellement chaude qu'Elena la laissa tomber.

— Merci, dit-elle en la ramassant.

— Je ne crois pas que George Lucas apprécierait que tu fasses ça, affirma sa mère.

— Je ne savais pas que tu connaissais les pensées de George Lucas.

— Figure-toi que je regardais *Star Wars* avant même que tu sois née. Ton père et moi, on a vu cinq fois *L'Empire contre-attaque.*

— La chance !

— George Lucas est père. Ça m'étonnerait qu'il souhaite que des jeunes filles meurent de froid juste pour lui prouver leur fidélité.

— Ça n'a rien à voir avec George Lucas, répondit Elena. D'ailleurs, il est à peine concerné par les autres trilogies.

— Rentre à la maison, insista sa mère. On regardera *L'Empire contre-attaque* et je te préparerai un chocolat chaud.

— Je ne peux pas. Je perdrais ma place dans la queue.

— Je pense qu'elle sera encore là à t'attendre demain matin.

— Bonne nuit, maman.

Sa mère poussa un soupir et lui tendit cette fois un gobelet Starbucks isotherme.

— Reste dans ton duvet. Je laisserai mon portable allumé cette nuit, au cas où tu changerais d'avis.

Elena s'installa, son café à la main, et glissa la bouillotte dans son sac de couchage. Ça faisait un bien fou.

— Appelle ta mère, lâcha Gabe. J'ai envie de mater *L'Empire contre-attaque* en buvant un chocolat chaud.

Elle se rendit compte, plus tard, que le café était un piège.

Il était 2 heures du matin, et Elena était à deux doigts de faire pipi dans sa culotte. Elle regarda la file d'attente. Enveloppé dans son sac de couchage et une couverture polaire, Troy ressemblait à une momie. Gabe était endormi depuis quelques heures, les genoux ramenés contre sa poitrine et la tête baissée.

Elena aussi avait dormi. Mal. Elle se sentait groggy et courbaturée, et sa vessie devenait douloureuse. Elle n'arrêtait pas de remuer. Gabe leva la tête.

— Qu'est-ce qui se passe ? Tu as froid ?

— Non. Enfin, oui, évidemment. Mais non... Je sens que je vais me faire pipi dessus.

— Surtout pas ! fit Gabe.

— Je ne peux plus me retenir. Qu'est-ce que je dois faire ?

— Va te soulager quelque part.

— Mais où ?

— Je ne sais pas. Derrière une voiture, par exemple.

— C'est illégal ! s'écria Elena. Et indécent !

— Ce n'est pas pire que de faire pipi dans ta culotte.

Elena ferma les yeux.

— Aïïïïïe. Vous êtes allés faire pipi où, vous ?

— Dans le cinéma, répondit-il.

— Ça ne vous arrive jamais d'avoir envie la nuit ?

Il haussa les épaules.

— Non.

Elena sentit des larmes couler sur ses joues.

— Ne pleure pas, dit Gabe. Ça ne va pas aider.

Elle continua de pleurer. La catastrophe était imminente.

— OK, dit Gabe en se levant. Viens.

— Où ça ?

— Chercher un endroit.

— On ne peut pas partir sans prévenir Troy, dit-elle. C'est le règlement de la file d'attente.

— Le règlement stipule aussi qu'il faut laisser les lieux propres. Viens.

Troy avait un gobelet de Coca XXL dont Gabe se saisit. Elena se leva, prudemment, et le suivit derrière le cinéma.

— OK, dit-il en lui tendant le gobelet. Tu vas derrière la benne à ordures, tu fais pipi là-dedans, puis tu jettes tout.

— Et s'il y a des caméras ? s'inquiéta Elena en prenant le gobelet.

— Je ne vais pas pouvoir t'aider, là. C'est pas *Mission impossible*, tu sais ?

— Et si ce récipient ne suffit pas ?

— Si ta vessie pouvait contenir plus d'un litre, tu n'aurais pas besoin d'aller aux toilettes tout le temps.

Elle resta là à se mordiller la lèvre.

— Elena.

— Ouais ?

— Tu n'as pas le choix. Fais pipi dans le gobelet.

— D'accord.

Elle se dirigea, lentement, de l'autre côté de la poubelle.

— Je ne veux pas que tu écoutes !

— C'est la première fois que tu fais pipi avec quelqu'un à côté ?

— Avec un garçon, oui !

— Je n'ai rien demandé, moi ! cria Gabe à son tour.

Il commença alors à chanter d'une voix forte *La Marche impériale*, ce qui donna à Elena l'impression que sa mère allait débarquer.

Toujours aussi prudemment, elle enleva ses couches successives de vêtements et se plaça au-dessus du gobelet en faisant attention à ne pas le toucher, et à ne pas éclabousser, tout en continuant de pleurnicher. Gabe chantait toujours. Quand Elena eut fini, elle ferma le gobelet avec le couvercle et sortit de derrière la benne.

— C'est bon.

— Beurk. Je t'avais dit de le jeter.

— Je vais le verser dans le caniveau ! C'est plus correct.

— Comme tu veux, répliqua Gabe.

Après qu'elle fut débarrassée du pipi et du gobelet, ils retournèrent s'asseoir. Elle fouilla dans son sac pour prendre une lingette.

— Je ferais mieux de rentrer chez moi, dit-elle en se nettoyant les mains.

— Tu dois encore faire pipi ?

— Non.

— Alors pourquoi tu veux rentrer chez toi ?

— Bah, visiblement, je ne suis pas prête pour tout ça.

Elle fit un grand geste de la main, qui était censé englober le froid, la file, la benne à ordures, le cani veau...

— Et ça n'est pas comme je l'imaginais, ajouta-t-elle.

— Tu t'attendais à quoi ?

— Je ne sais pas... À un truc marrant.

— Tu campes sur un trottoir avec des inconnus. En quoi ça peut être marrant ?

— Sur les photos, ça a toujours l'air sympathique. Comme un village de tentes. Avec des gens qui font connaissance dans la file et qui deviennent amis pour la vie. Qui se font faire les mêmes tatouages.

— Tu veux faire un tatouage avec Troy ?

— Tu vois ce que je veux dire...

Elle fit une boule avec la lingette et la jeta par terre.

— Je croyais que ça serait une vraie fête. Un truc où tu es à fond dans *Star Wars* avec d'autres gens qui sont à fond aussi. Comme dans les histoires que Troy raconte. Comme la fois où ils ont tous campé pendant deux semaines pour voir *Le Retour du Jedi* et se sont retrouvés avec des super amis et des surnoms. Toutes ces farces et ces blagues qui n'arrêtaient pas ! Et ces batailles de sabres laser !

— Tu peux très bien avoir un surnom, dit Gabe. Là, tout de suite, je pense à un truc qui aurait à voir avec le pipi. Ou avec des gobelets.

Elena remonta son sac de couchage jusqu'à son menton.

— « La pisseuse au gobelet », par exemple.

— Pourquoi tu es là si tu savais que ça allait être pathétique ? demanda Elena.

— Parce que j'adore *Star Wars*. Comme toi.

Il entoura ses genoux avec ses bras et y enfouit sa tête.

— Mais tu ne me parles même pas, objecta Elena. Tu ne parles avec personne.

Gabe émit une espèce de bruit ironique.

— Non, mais sérieux, poursuivit-elle. C'est quoi l'intérêt d'être dans cette queue si tu ne veux pas partager l'expérience avec les autres ?

— Peut-être que je n'ai juste pas envie de partager cette expérience avec toi ? Tu y as pensé, à ça ?

— Oh ! là là ! répondit Elena en se frottant le visage. Non, je n'y ai absolument pas pensé. C'est vrai ? Pourquoi tu es si méchant ?

— Mais non..., marmonna-t-il en relevant la tête. Je suis juste fatigué. Et je ne suis pas... très sociable. Je suis désolé de ne pas correspondre à tes attentes.

— Moi aussi.

Elle se frotta les mains l'une contre l'autre et souffla dedans.

— Pourquoi tes amis ne sont-ils pas venus faire la queue avec toi ? demanda Gabe. Comme ça, tu aurais eu ta fête.

— Aucun de mes amis n'aime *Star Wars*.

— Tout le monde aime *Star Wars*. Tout le monde aime tout, aujourd'hui. Le monde entier n'est qu'un énorme fan.

— Tu es fâché parce que d'autres gens aiment *Star Wars* ? Parce que des gens *comme moi* aiment *Star Wars* ?

Gabe lui adressa un regard noir.

— Peut-être.

— OK. En fait, mes amis aiment *Star Wars*. Ils iront le voir ce week-end. Mais ils n'aiment pas autant que moi. Pas au point d'en avoir mal au ventre.

— Pourquoi *Star Wars* te donne mal au ventre ?

— Je ne sais pas. C'est juste que ça compte tellement, pour moi.

— Je n'ai pas voulu dire que tu étais une fausse fan, s'excusa Gabe.

— Je n'ai pas dit que tu l'avais dit.

— Enfin, c'est clair que tu connais la trilogie originale à fond. Peu importe.

— Je me demande encore si tu es un faux asocial ou non, lâcha-t-elle en tirant sur ses manches pour s'en couvrir les mains.

Il rit, et elle était sûre à quatre-vingt-dix pour cent que ça n'était pas ironique, cette fois.

— Je vais te dire ce qui me dérange, annonça-t-il, le regard un peu moins sombre, mais toujours énervé. Je suis un asocial, OK ? Genre, c'est évident. Un asocial typique. Je déteste le sport. Je connais par cœur toutes les chansons de Weird Al[3]. La plupart du temps, je ne sais pas comment parler aux gens. Je travaillerai sûrement dans l'informatique. Je sais que tout ça, c'est des stéréotypes, mais c'est vrai en ce qui me concerne. C'est ce que je suis. Et le truc, c'est que, maintenant que c'est à la mode d'être asocial, on ne peut plus juste être un asocial parmi d'autres asociaux sans qu'on te rappelle que c'est toi l'asocial. Tu me suis ?

— Pas tout à fait, avoua Elena.

---

3. Chanteur connu pour ses parodies de chansons contemporaines.

— OK. Alors voilà. Si je vais faire une partie de foot chez mon frère, comme je ne connais rien au foot, je suis l'asocial. Et si je vais danser avec un pote qui aime danser, eh bien, comme je ne danse pas et que je n'aime pas la musique forte, je suis l'asocial. Et si je vais voir un film adapté d'une BD, le monde entier est là – donc je suis toujours l'asocial. J'aurais pensé qu'une file d'attente pour *Star Wars* était sans danger. Pas question que je me sente comme un paria dans une queue pour *Star Wars*. Pas question d'être obligé de m'asseoir pendant quatre jours à côté d'une de ces *filles cool*.

— Waouh ! fit Elena. Je ne suis pas une *fille cool*.

— Lâche-moi un peu.

Elle brandit son index.

— Je crois que j'ai besoin de dire un truc, là. Tout le monde devrait être le bienvenu dans une file d'attente pour *Star Wars*, sociable ou pas, mais aussi... hum... je suis une asociale. Voilà ce que c'était censé être : l'occasion de parler avec des gens qui se fichent que je sois mal à l'aise dans à peu près toutes les autres situations.

— C'est pas vrai, dit-il en levant les yeux au ciel.

— Si.

— Tu as des amis. Tu as une clique. Tu traverses le hall de la salle de cinéma comme si tu étais chez toi.

— Tu dois me confondre avec l'héroïne de *Lolita malgré moi*, rétorqua Elena. Et tu es en train de me dire que tu n'as pas d'amis au bahut ? C'est peut-être parce que tu as toujours l'air de faire la tête que les gens ne viennent pas vers toi, non ?

— J'ai des amis, répliqua Gabe. C'est pas la question.

— Donc, toi, tu as des *amis*, et moi, d'après toi, j'ai une *clique*.

— J'en suis presque sûr.

— J'ai comme l'impression que tu projettes sur moi ton problème évident avec les filles.

Gabe leva de nouveau les yeux au ciel.

— Tu disais que tu n'arrivais pas à parler avec les gens. Mais tu n'as pas l'air d'avoir de problème pour parler avec moi.

— Si, j'ai d'énormes problèmes pour parler avec toi.

— OK, alors on arrête.

Gabe était-il vraiment fou ? Elle n'arrivait pas à savoir. Qui était-il pour se permettre de la juger ainsi ? Il ne la connaissait pas. Et il ne lui laissait même pas le bénéfice du doute. Alors qu'elle, elle le faisait depuis trente-six heures.

— Au cas où ça t'intéresserait, conclut-elle sans le regarder, je ne me suis pas dit une seule fois, depuis que je suis là : « Ce Gabe est un asocial, c'est sûr ! »

Il ne réagit pas.

Elena se tortilla dans son sac de couchage, qu'elle serra le plus possible autour d'elle.

— Aïïïïïïe.

— C'est bon, j'ai pigé. Tu penses que je suis un abruti.

— Non. Oui, mais non… Il faut encore que j'aille faire pipi.

— Tu viens de le faire.

— Je sais, mais c'est urgent. Ça arrive comme ça, par vagues.

— Tu peux attendre ?

— Non !

Gabe poussa un nouveau soupir et se leva.

— Viens. On retourne à la benne.

— J'ai jeté le gobelet !

— Tu as toujours ta bouillotte…

— Non.

Gabe fit claquer sa langue comme s'il réfléchissait. Elena commença à fouiller dans son sac à dos. Tout ce qu'elle avait apporté était rangé dans des sachets en plastique.

— Ah ! triompha Gabe.

Il passa une main derrière le duvet d'Elena et brandit son gobelet Starbucks.

— C'est parfait. En plus, il y a déjà ton nom dessus.

Ils retournèrent derrière le cinéma. La seconde fois n'était pas moins humiliante que la première.

— Tu vas vraiment avoir un surnom, annonça Gabe quand elle fut revenue.

Une fois de retour dans la file, Elena se glissa dans son sac de couchage. Elle se sentait incroyablement fatiguée, au point d'en oublier à quel point elle était mal installée, et de peut-être enfin réussir à s'endormir.

— Je suis née à la mauvaise époque, dit-elle. Et sous le mauvais climat. On devrait être en 1983 et je devrais faire la queue devant le Mann's Chinese à Hollywood, en Californie.

— Ils campent devant, ce soir, fit remarquer Gabe. Troy a dit que nous faisions tous partie de la même file d'attente.

— Je dois aussi être à la dernière place dans celle-là, alors.

Elena tourna le dos à Gabe puis tomba dans les bras de Morphée.

Mercredi 16 décembre 2015

— La Force se réveille ! cria Troy.

Elena abaissa son bonnet sur ses yeux.

— Allez, Elena, dit Troy. On attend que tu ailles nous chercher des cafés.

— Parce que je suis une fille ?

— Non, parce que tu as sans doute envie de faire pipi, commenta Gabe.

C'était le cas.

— D'accord. Dites-moi ce que vous voulez.

Vingt minutes plus tard, elle se regardait dans le miroir des toilettes du Starbucks. Elle commençait à ressembler à quelqu'un qui dort dans la rue et se lave dans les toilettes d'un Starbucks.

Quand Elena était entrée dans le café, un vrai SDF attendait à côté de la porte et elle s'était sentie un peu mal de faire ça pour s'amuser. (Ça n'était même pas amusant !)

Cette fois, elle donna à la serveuse les noms de Tarkin, Veers et Ozzel.

— Tu te sens du côté obscur, aujourd'hui, hein ? remarqua Troy quand elle lui tendit son gobelet.

— Plutôt, oui, répondit Elena en se laissant tomber par terre. Peur, colère, haine, souffrance…

— J-1 ! lança Troy. Plus qu'un jour. Un seul jour ! Je n'arrive pas à croire qu'on a attendu dix ans pour ça, même si, pour être honnête, je ne pensais pas que ça arriverait. Une vraie suite…

— Quel est ton *Star Wars* préféré ? demanda Gabe.

Très inhabituel. Elena leva les yeux sur lui.

— C'est comme si tu me demandais lequel de mes enfants je préfère, répondit Troy.

— Tu as des enfants ? voulut savoir Elena.

— Non, mais c'est l'idée.

Troy poussa un long soupir avant d'ajouter :

— C'est difficile. Vraiment difficile. Je vais devoir trancher en faveur de *L'Empire contre-attaque.*

Troy passa la demi-heure suivante à justifier son choix. À plusieurs reprises, il faillit changer d'avis, mais il continua d'atterrir sur Hoth.

— Et toi, Elena ? demanda finalement Gabe.

Elle le regarda en fronçant les sourcils. Méfiante.

— *L'Empire.* Pour les mêmes raisons que Troy. Plus le baiser. Et toi ?

— L'épisode 6, dit Gabe.

— *Jedi* ? demanda Elena.

Il hocha la tête.

— Excellent choix, jugea Troy. Excellent.

Gabe n'en expliqua pas les raisons. Au lieu de ça, il se tourna vers Elena :

— Et quel est celui que tu aimes le moins ?

— Pourquoi moi d'abord ?

— Tu n'es pas obligée de répondre.

Elle plaça ses deux mains autour de son gobelet de café avant de se lancer :

— OK. *Jedi.* Je l'aime quand même, mais... ouais.

Troy réagit alors comme si on lui avait tiré dessus.

— *Jedi* ?!

Gabe était choqué, lui aussi.

— Tu trouves l'épisode 6 pire que l'épisode 2 ? Pire qu'Anakin et Padmé en train de s'amuser au milieu des shaaks ?

— Les shaaks ! dit Troy. Géonosis !

Ces mots ne disaient rien à Elena. Mais elle ne voulait pas être démasquée. Elle se mordit la lèvre.

— Je n'ai pas vraiment tenu compte de la prélogie. Tu as dit celui que *j'aime le moins,* pas le pire.

— Aaaah ! s'exclama Troy. D'accord.

— C'est vrai, reconnut Gabe.

Ils étaient ensuite passés à celui que Troy aimait le moins (le 3 – « la violence m'a paru invraisemblable ») puis à celui de Gabe (le 2 – « l'amour dans les champs sur Naboo »).

Ensuite, Troy dut répondre à un appel de sa petite amie.

— Et donc, quel est ton personnage préféré ? demanda Gabe à Elena.

— Pourquoi tu me demandes ça ?

— Pour parler de *Star Wars*.

— Pourquoi ?

— Je croyais que c'était ce que tu voulais.

— Et donc tu fais ce que je veux, maintenant ?

Gabe poussa un soupir.

— Pas exactement. C'est juste que... tu avais peut-être raison.

— À quel sujet ?

— Quand tu as dit que le but, en étant dans cette file d'attente, c'était de s'exciter sur *Star Wars* avec d'autres gens qui adoraient *Star Wars*.

— Bien sûr, que j'avais raison. C'est évidemment pour ça que les gens campent devant un cinéma. Personne ne quitte sa maison pour rester dehors pendant une semaine juste pour ignorer les autres fans.

— J'étais dans mon coin, j'avoue. OK ?

— OK, répondit prudemment Elena.

— Alors ? Quel est ton personnage préféré ? insista-t-il.

— Tu vas sans doute penser que c'est basique.

— Je ne suis pas un sale type, non plus.

— Les sales types ne sont pas capables de dire qu'ils le sont. Ce sont les autres qui en décident.

— Je ne suis pas d'accord. Je ne me considère pas comme un sale type, donc je ne vais pas me comporter en sale type.

— Bon, dit Elena. Princesse Leia.

— Très bon choix, réagit Gabe.

Elena restait tout de même méfiante.

— Et toi ?

Gabe avait beau être devenu gentil avec Elena pour une raison inconnue et suspecte... il fallait reconnaître qu'il était gentil. Et intéressant. Et drôle. Et de bonne compagnie.

Elle finit par oublier que c'était de la comédie, et très certainement une ruse, et décida de s'amuser, tout simplement.

Ils s'amusaient tous.

— Excusez-moi, prononça alors quelqu'un, interrompant une discussion animée pour savoir quel personnage était le moins intéressant.

Tous les trois levèrent les yeux. Deux femmes se tenaient sur le trottoir, des boîtes de gâteaux dans les mains. L'une d'elles toussa pour s'éclaircir la voix.

— Nous avons entendu dire que des gens campaient pour *Star Wars*...

— C'est nous ! s'écria Troy, d'un ton à peine moins enthousiaste que la veille.

— Où sont les autres ? interrogea-t-elle. Ils sont derrière ? Vous faites ça à tour de rôle ?

— Non, il n'y a que nous, expliqua Elena.

— Nous sommes les « Cupcakes Girls », se présenta l'autre femme. On s'est dit qu'on apporterait des cupcakes *Star Wars*. Pour les gens dans la queue.

— Super ! fit Troy.

Les Cupcakes Girls tenaient fermement leurs boîtes.

— C'est juste que..., commença la première femme. On voulait faire une photo de toute la file d'attente et la mettre sur Instagram...

— Pour ça, je peux vous aider ! s'exclama Elena.

Pas question que ces cupcakes repartent sous son nez.

Elle prit donc un selfie avec la file d'attente, où les Cupcakes Girls et un employé du cinéma brandissaient des cupcakes *Star Wars* – on aurait dit qu'il y avait toute une foule – et elle promit de la poster sur tous les réseaux sociaux. La lumière était parfaite. Heure magique, pas besoin de filtre. *#CupcakesGirls #MERVEILLEdelaForce #SalaciousCrumb.*

Les Cupcakes Girls furent ravies, et elles laissèrent leurs boîtes pleines de gâteaux.

— Pour la première fois, je suis contente qu'on ne soit que trois, dit Elena en prenant un deuxième cupcake.

Il avait un glaçage sur le dessus qui le faisait ressembler à Chewbacca.

— Tu as réussi à sauver les cupcakes, la congratula Gabe dont le cupcake faisait penser à Dark Vador et lui colorait la langue en noire. Ces femmes allaient repartir avec.

— Je sais, fit Elena. Je l'ai vu dans leurs yeux.

— Beau travail, la félicita à son tour Troy. Tu seras d'un grand soutien, un jour.

— Comme aujourd'hui, par exemple, répondit Elena en s'appuyant contre le mur du cinéma. Y a pas de quoi.

— Argh, dit alors Troy en enlevant ses chaussures d'un coup de pied. Overdose de cupcakes...

— Tu en as mangé combien ? demanda Gabe.

— Quatre. J'ai englouti tout le Conseil Jedi. C'est l'heure d'une petite sieste : le sommeil de la Force.

C'était la plus chaude des journées. Elena se demanda si elle n'en ferait pas autant. Peut-être que non, en fait. C'était encore plus bizarre de dormir dans la rue en plein jour.

— Je n'ai jamais rencontré quelqu'un qui déteste autant la prélogie que toi, dit Gabe en se léchant le pouce. Ces cupcakes sont vraiment bons. Tu devrais faire un nouveau post sur eux.

— Je ne déteste pas la prélogie, se défendit-elle.

— On a fait notre top trente de tous les personnages, et le seul de la prélogie que tu aies cité, c'est la reine Amidala.

C'était le seul personnage de la prélogie qu'Elena connaissait, en réalité...

— On dirait vraiment que tu les détestes, insista Gabe.

— Bon, d'accord, dit-elle. Je crois que j'ai une dette envers toi, après ce que tu as fait pour moi cette nuit...

— Carrément. Pas une dette vitale, mais je t'ai quand même empêchée deux fois de mouiller ton pantalon.

— Alors je vais te dire un secret. Mais tu dois me promettre que tu ne t'en serviras pas contre moi.

Gabe tendit le bras par-dessus la jambe d'Elena pour prendre un autre cupcake.

— Quel terrible secret tu pourrais bien avoir concernant la prélogie de *Star Wars* ? C'est toi qui es responsable de Jar Jar Binks, c'est ça ?

— Tu me promets ? demanda-t-elle.

— Promis, évidemment.

— Je n'ai jamais vu la prélogie…

— Quoi ? s'exclama Gabe en crachant des miettes partout.

Elena secoua sa queue-de-cheval pour les ôter.

— Comment c'est possible ?

— C'est possible. Je ne l'ai jamais vue.

— C'était contraire à ta religion ? Genre, tu es une puriste de *Star Wars* ?

— En quelque sorte, répondit Elena. Mon père l'était. Il ne m'a pas laissée voir les épisodes.

— Il t'a enfermée dans une tour ?

— Non. Il m'a juste dit qu'ils étaient très mauvais. Il a dit qu'ils… abîmeraient mon amour pour *Star Wars*.

— Et tu n'as jamais cherché à les regarder malgré tout ?

— Non. C'est mon père, quand même.

— Et qu'est-ce qu'il en dit, des nouveaux épisodes ? Tu es ici clandestinement ?

— Je ne sais pas, avoua Elena. Je n'ai plus de nouvelles de lui.

Gabe eut l'air perdu.
— Il est en Floride, en fait.
— « En Floride, en fait », ça sera notre nom de code, trancha Gabe.
— Tu n'en parles pas à Troy, hein ?
— Non, bien sûr. Il nous obligerait sans doute à tous les regarder sur son téléphone.
Elena baissa les yeux.
— Tu penses sûrement que je suis une fausse fan, du coup.
— J'essaie de ne pas le penser, pour personne. Au contraire, ça fait de toi une superintello de *Star Wars*. Une hipster de *Star Wars*. Tu es comme ces gens qui n'écoutent que des vinyles.
— Tu crois que je devrais voir la prélogie ? demanda-t-elle.
— Comment savoir ? Moi, quand je l'ai vue, je ne pouvais pas me douter qu'il y avait d'autres épisodes. Tu aurais pu avoir deux fois plus de *Star Wars* dans ta vie, en tout cas.
— Et est-ce que ça a abîmé ton amour pour *Star Wars* ?
Gabe eut un sourire façon Han Solo.
— Il était déjà abîmé, chérie.
Tous deux éclatèrent de rire. Ça n'était plus le même Gabe que celui qu'elle avait connu les deux premiers jours.
— Je ne sais pas, poursuivit-il en reprenant son sérieux. J'ai vu la prélogie avant la trilogie originale.

— Quoi ? lança Elena, choquée à son tour. C'est n'importe quoi. C'est contre nature !

— Pas du tout ! Je pense que c'est comme ça que George Lucas l'avait imaginé. C'est l'ordre par excellence.

— George Lucas ne sait pas ce qu'il veut. Il n'est même pas capable de décider qui tire le premier.

— J'ai vu la prélogie au cinéma, ajouta Gabe. Quand j'étais petit. Je l'ai trouvée géniale.

— Et maintenant ?

— C'est mon premier amour. Difficile d'être objectif.

— Je ne pense pas que je la verrai un jour, dit Elena d'un air pensif. J'aurais l'impression de trahir mon père. Trop peur qu'un jour, il se pointe, me demande si j'ai vu *L'Attaque des clones*, et que, si je réponds oui, il reparte *illico*.

Gabe fit mine de réfléchir.

— Donc… ça t'est égal si je te spoile le truc ?

— Bah oui, je crois. En vrai, je sais déjà ce qui se passe.

Gabe se redressa et, les mains levées, déclara :

— « L'agitation règne au Sénat Galactique… »

Quand Troy se réveilla de sa sieste, il se joignit aussitôt à eux, sans même leur demander ce qu'ils faisaient. On aurait dit Yoda, c'était étrange.

— Je savais que tu n'avais pas vu la prélogie, avoua-t-il à Elena. Tes lacunes à propos du Sénat Galactique étaient flagrantes.

Ce soir-là, la petite amie de Troy, Sandra, leur apporta une pizza. Dès qu'elle arriva, elle prit à son tour part à la reconstitution en direct. Elle exigea de revenir un peu en arrière, pour qu'elle puisse montrer à quel point Obi-Wan était stylé.

— Ewan McGregor, quand même, marmonna-t-elle. Après le deuxième épisode, j'ai obligé Troy à se faire pousser la barbe.

— Je me suis aussi fait une petite tresse comme Padawan, ajouta ce dernier.

Troy, Sandra et Gabe mimèrent une bataille au sabre laser qui fit monter les larmes aux yeux à Elena – sans doute parce qu'ils fredonnaient tous les trois la musique de John Williams.

Quelques spectateurs s'arrêtèrent pour les regarder en sortant de la salle. Elena prit une photo quand Gabe tomba par terre. (*#Énorme #ChutePrince #EnDirect.*) Tout le monde applaudit.

Quand la foule se dissipa, Elena aperçut la voiture de sa mère, garée le long du trottoir. Elle se leva d'un bond et courut vers elle.

— Tu rentres à la maison ? demanda sa mère.

— Non. Tu veux venir avec moi faire la queue ?

— Hors de question. C'est ton père qui t'a refilé le virus, pas moi.

La nuit était dégagée et froide. Sandra demanda au directeur, Mark, de remplir la bouillotte d'Elena avec l'eau chaude de la machine à café. Elena la glissa ensuite dans son sac de couchage.

— Hé, dit Gabe. J'ai un truc pour toi.

— Quoi ?

Il lui tendit un gobelet du cinéma spécial nouveaux épisodes *Star Wars*.

— Ce soir, tu vas pouvoir faire pipi dans un gobelet collector.

— Ha ha ! Est-ce qu'on a mangé tous les cupcakes ?

Gabe lui présenta la boîte. Il en restait un. Un pauvre C-3PO, là, tout seul. Elena sortit son téléphone et le prit en photo. Puis elle alla sur Instagram. *#DernierDroïdeDebout*.

La batterie de son téléphone était encore à soixante-dix pour cent et il ne lui restait plus que vingt-quatre heures à tenir, donc Elena s'autorisa à rester un peu sur Instagram pour lire les commentaires sur ses posts des derniers jours.

Ses amis les avaient tous likés en laissant des commentaires rigolos. Ils lui manquaient tellement ! (Troy et Gabe étaient super, ça n'était pas la question. Eux aussi allaient terriblement lui manquer... Même Gabe. Surtout Gabe.)

C'était son premier post, celui de lundi, qui avait eu le plus de succès. La photo de la file d'attente.

C'est Gabe ? avait demandé quelqu'un.

C'est Geekle ! avait commenté Jocelyne, une amie d'Elena. *ICKLE GEEKLE*.

Geekle ? avait pensé Elena.

Elle avait envoyé un message rapide à Jocelyne : *Qui est Geekle ?*

Geekle ! avait répondu Jocelyne. *En cours d'espagnol. Il est au fond de la classe. C'est un peu un geek.*

C'est pour ça que tu l'appelles Geekle ?

Sais pas, avait écrit Jocelyne. *ICKLE GEEKLE. Dis-lui salut de ma part.*

Elena se tourna vers Gabe. Il lui disait quelque chose, maintenant qu'elle y pensait. Jocelyne donnait des surnoms à tout le monde, assez méchants, en général. Ickle Geekle : elle ne savait pas ce que ça voulait dire, mais ça paraissait plutôt gentil. Dans le fond, Jocelyne n'était pas une fille méchante. Elle se croyait juste plus drôle qu'elle n'était. Et elle ne supportait pas le silence. Alors elle comblait le vide avec ses blagues idiotes.

Gabe. Le cours d'espagnol. Elena l'imagina sans son caban... Pendant qu'elle l'observait, celui-ci ôta ses lunettes et se frotta les yeux.

— Tu ne portes pas de lunettes ! s'exclama-t-elle.

— Quoi ? dit-il en les rechaussant.

— Au lycée. Tu ne portes pas de lunettes.

Gabe se décomposa.

— Non, en effet.

Gabe. Geekle. *Gabriel,* en espagnol. Elle ne lui avait jamais parlé ; elle ne l'avait jamais vraiment regardé. (En même temps, elle avait une excuse : Elena n'était pas du genre à *regarder* les gens. Elle se mêlait de ses oignons !)

C'était horrible. Vraiment horrible.

— Je suis désolée, lâcha-t-elle.

— Pourquoi ?

— Je ne t'ai pas reconnu.

— Pourquoi tu m'aurais reconnu ?

— On est dans le même cours d'espagnol !

— Visiblement tu ne t'en étais pas aperçue. C'est pas un crime.

— Et toi ! tu m'avais reconnue ?

— Évidemment, dit-il en levant les yeux au ciel. Ça fait quatre ans qu'on est dans le même lycée.

— Je ne connais pas beaucoup de monde.

— Et pourquoi tu devrais en connaître beaucoup ? Tu as ta clique.

C'était vrai. Mais pas dans le sens où il l'entendait.

— On n'est pas une « clique ».

— Un gang, alors.

— Gabe !

— Une armée ?

— Pourquoi tu nous détestes autant ?

— Parce que vous êtes des imbéciles. Parce que vous m'appelez Geekle. Qu'est-ce que ça veut dire, d'ailleurs ?

— Je ne sais pas. Je ne t'appelle pas comme ça, moi !

— Parce que tu ne sais même pas que j'existe !

— Maintenant, si.

Gabe ouvrit la bouche pour dire quelque chose, puis il secoua la tête.

— Jocelyne est une grande gueule, tempéra Elena. Mais elle est inoffensive.

— Avec toi, répondit Gabe. Vous vous pensez tellement au-dessus de tout le monde, vous autres.

— Moi, je ne le pense pas.

— Vous vous baladez en bande, toutes mignonnes, toutes habillées pareil, et vous balancez vos petites insultes à la populace...

— On ne s'habille jamais exprès pareil ! protesta Elena.

— Peu importe !

Ils se rassirent tous les deux, les bras croisés.

— C'est pas vrai, dit Elena. On n'est pas une clique. Juste des amies.

— Tu sais pourquoi je vous connais, toi et tes « amies » ? s'énerva Gabe. Et pourquoi tu ne me connais pas, ni mes amis ?

— Vas-y ! le défia-t-elle.

— Parce qu'on évite d'être sur votre chemin. On ne vous donne pas de surnoms, nous. Et même si on en avait, on ne les crierait pas chaque fois que vous entrez en cours d'espagnol.

— C'est juste Jocelyne, insista Elena.

— C'est la *vibe* que vous dégagez, toutes, trancha Gabe.

— Je n'ai même pas de *vibe* !

— Pfff...

— Donc tu me détestes, conclut Elena. Tu me détestais avant même que j'arrive dans la queue.

— Je ne te déteste pas. C'est juste que... tu fais partie de leur groupe.

— Je fais aussi partie de ça.

— De ça quoi ? *Star Wars* ? Je ne suis pas obligé de t'aimer parce que tu aimes *Star Wars*. Je ne suis pas obligé d'aimer n'importe quel débile qui a un tatouage de Stormtrooper.

— Non, répondit Elena. Je fais partie de ça : de la file d'attente.

— Et en quoi ça compte ?

— Je ne sais pas, mais ça doit bien compter pour quelque chose. Écoute, je suis désolée que Jocelyne t'insulte. Elle est comme ça depuis le primaire. On s'est habituées à ça. Et si tu m'as observée au lycée, tu as dû remarquer que je ne suis pas du genre à aller vers les autres. Je ne parle à personne dans certains de mes cours. Aucun élève de mon cours de maths ne pourrait m'identifier dans une file d'attente.

— Je n'y crois pas.

— Je suis désolée de ne jamais t'avoir parlé avant. Mais toi non plus, tu ne m'as jamais parlé. Et maintenant, on se parle.

Gabe fit grincer ses dents.

— Je déteste ça, quand elle m'appelle Geekle.

— Moi, elle m'appelle Ele-nerd. Et aussi Petit Machin. Mercredi Addams. Virgin Daïquiri. Ukelena...

Ukelele. Lele. Mon Petit Poney. Poucelina. Nain Tracassin...

Gabe émit un petit rire.

— Pourquoi tu la laisses faire ça ?

— Je n'y fais même plus attention. Et puis, c'est différent. Je suis son amie... Je peux lui dire d'arrêter de t'appeler comme ça, si tu veux.

— C'est même pas important, conclut Gabe.

Puis ils restèrent silencieux un moment. Elena se demanda s'il était fâché. Elle ne savait pas.

— Pourquoi tu ne me l'as pas dit ? demanda-t-elle. Qu'on se connaissait.

— Je ne voulais pas que tu m'appelles Geekle. Et je ne voulais pas que ça se sache.

Elena hocha la tête.

— On devrait dormir, suggéra Gabe. C'est notre dernière nuit.

— Ouais, répondit Elena.

Gabe releva ses jambes et croisa les bras. *Comment peut-il dormir dans cette position ?* Elena se recroquevilla sur elle-même. Elle essayait de trouver une posture confortable. Il faisait tellement clair, sous la lumière.

— Gabe ? lança-t-elle au bout d'une dizaine de minutes.

— Ouais ?

— Tu dors ?

— Presque.

— Tu es fâché ?

Gabe poussa un soupir.

— D'une façon générale, oui. Contre toi, à cet instant précis, non.

— OK. Tant mieux.

Toujours pelotonnée, elle regarda passer les voitures. Elle serait vraiment très contente de rentrer chez elle demain soir. Après le film. Le film...

— Gabe ?

— Quoi ?

— Je n'arrive pas à dormir.

— Pourquoi ?

— *Star Wars* !

Jeudi 17 décembre 2015

Quelque chose d'étrange se produisit à 6 heures du matin : Dark Vador arriva dans la file d'attente. C'était un ami de Troy. Il fit tomber le pied de Troy qui était posé sur la glacière et cria : « Le réveil de la Force ! »

— Ouais, on a entendu ça, grommela Gabe en s'asseyant.

Elena regardait la scène par l'interstice entre son bonnet et le haut de son sac de couchage.

— Je n'ai pas dormi de la semaine, dit Gabe. Je pense qu'on peut en mourir. Je crois que je suis mort.

Troy se réveilla et accueillit son ami, qui se mit ensuite dans la queue, derrière Gabe.

Elena et Gabe allèrent ensemble au Starbucks. Elle lui donna quelques lingettes. Tous les deux avaient grand besoin d'une douche. Gabe avait presque de la barbe, et son visage était de plus en plus rouge. Elena se dessina de nouveaux Yoda sur les joues.

— Vous êtes des fans de *Star Wars* ? demanda le serveur.

— Nan, dit Gabe.

— Oui, dit Elena.

— Je vais le voir ce soir, annonça le serveur. À la séance de minuit.

— Cool, fit Elena.

— Il y a déjà des gens qui font la queue, poursuivit le serveur. Vous les avez vus ? Trois pauvres ringards installés sur le trottoir.

Elena fit alors un grand sourire.

— C'est nous !

— Quoi ?

— Les trois ringards, c'est nous. Enfin, deux des trois.

Le serveur eut l'air hyper mal, et il leur offrit leurs cafés.

— Que la Force soit avec vous ! conclut Elena.

Quand ils revinrent, trois nouvelles personnes avaient rejoint la file d'attente.

À midi, ils étaient vingt. Au moins la moitié d'entre eux étaient déguisés.

À 15 heures, il y avait des haut-parleurs sur le trottoir, et quelqu'un passait en boucle la musique de la parade de *La Menace fantôme* (qui ne durait qu'une minute trente).

Elena accepta une danse de quatre-vingt-dix secondes avec Troy. Gabe refusa.

Cinquante personnes arrivèrent à l'heure du dîner, certaines ayant apporté des pizzas. Elena alla jusqu'au bout de la queue en posant pour des photos qu'elle posta ensuite sur Instagram. (Ses hashtags étaient *inspirés.*) Troy, qui avait enfilé son déguisement de pilote, se méfiait un peu de tous ces nouveaux venus – des « Jar Jar retardataires ».

— Nous devons rester sur nos gardes, dit-il. Ces gens ne font pas partie de l'alliance de la file d'attente. Il risque d'y avoir une affluence au dernier moment.

— On a nos tickets, de toute façon, dit Gabe.

— Je serai le premier à entrer dans ce cinéma, affirma Troy. Tu seras le deuxième. Et Elena la troisième. La file d'attente, c'est nous. Eux, ce ne sont que des touristes.

— Donc on se mettra à côté ? demanda Elena.

— Ah..., réfléchit Troy. Bah, on peut s'asseoir pas loin. En fait, j'ai un groupe d'amis qui va venir...

— On peut s'asseoir à côté, dit Gabe en s'adressant à Elena, mais sans vraiment la *regarder*. Si tu veux.

— Bien sûr, acquiesça-t-elle. Faisons ça.

Les reporters-photographes arrivèrent. La file d'attente faisait désormais le tour du pâté de maisons. Mark sortit avec un mégaphone pour donner des instructions à tout le monde.

— Il reste deux heures, dit Gabe à Elena. Je pense qu'on a juste le temps pour un tatouage *ou* pour un surnom. Choisis.

— On oublie les surnoms, répondit-elle.

Ils remballèrent leurs affaires, et Mark leur proposa de les laisser dans son bureau pendant le film.

— Merci de ne pas avoir bu d'alcool, dit-il. Et de ne pas avoir semé la pagaille ni jeté des détritus partout. Mais j'espère que vous camperez devant un autre cinéma, la prochaine fois. Je peux vous en conseiller un, si vous voulez.

— Oh… non ! rétorqua Troy. Ici, c'est chez nous.

Elena faisait des bonds sur place en agitant ses bras et en pointant ses index d'un côté et de l'autre.

— C'est quoi, ça ? demanda Gabe.

— Ma danse de *Star Wars*, répondit-elle en continuant de sauter et de gesticuler.

Au bout de quelques instants, il se mit à l'imiter. Puis les amis de Troy leur emboîtèrent le pas. Les unes après les autres, toutes les personnes de la queue firent de même. Aux yeux des passants, ils devaient ressembler à Charlie Brown et sa bande en train de se trémousser.

Troy avait raison : il y eut en effet un assaut, à la fin ! Quand Mark ouvrit les portes, la file d'attente se transforma en meute. Mais Mark hurla sur tout le monde et fit bien attention à laisser entrer d'abord les trois membres fondateurs de la file d'attente. Gabe et Elena s'installèrent au milieu de la salle.

— Oh ! là, là ! s'écria Elena. C'est le fauteuil le plus confortable de ma vie. Je me sens comme une princesse.

— Tu ressembles plutôt à un clochard, dit Gabe, les yeux fermés. Il fait tellement bon, ici. Enfin à l'intérieur !

— À l'intérieur, c'est le meilleur, dit Elena. Je propose qu'on n'aille plus jamais dehors.

La salle se remplit, tout le monde parlait fort et était très excité. Elena prit un méga-pop-corn plus un petit et elle alla deux fois aux toilettes avant le début de la séance.

— Si j'ai envie de faire pipi pendant le film, j'utiliserai ce gobelet, pouffa-t-elle.

— T'es très forte, pour ça, répliqua Gabe.

— J'y suis arrivée, j'y crois pas ! J'arrive pas à croire qu'on soit là. On va voir un nouveau film de *Star Wars* !

— Et moi, j'ai tellement envie d'une douche, je te jure.

Elena recommença sa danse *Star Wars*. Ça fonctionnait aussi, sur un siège.

Quand les lumières s'éteignirent, elle poussa un petit cri.

Elle avait réussi. Elle avait campé dehors. Et n'avait pas abandonné. Et maintenant, elle y était. Et ça allait démarrer.

Le générique défila lentement sur l'écran. *Épisode VII – Le Réveil de la Force.*

Elena sentit tout le stress et la tension – et aussi l'adrénaline – de ces quatre derniers jours quitter son corps. Elle eut l'impression de s'enfoncer très profondément dans le siège chaud et moelleux.

Elle avait réussi. Elle était là. Pour de bon.

Vendredi 18 décembre 2015

Elena se réveilla, la tête sur l'épaule de Gabe. Un filet de bave sur le menton. Quelqu'un essayait de l'enjamber.

— Excusez-moi, lui dit-on.

Pourquoi partir pendant le générique du début ?

Le générique ? Il n'y avait pas de générique.

Elena se tourna vers Gabe. Sa tête avait basculé sur le côté et il avait la bouche ouverte. Elle lui secoua le bras. Violemment.

— Gabe ! Gabe ! Réveille-toi ! Gabe !

Il se redressa, plissant les yeux comme s'il était ébloui.

— Quoi ?

— On s'est endormis, gémit Elena. On s'est endormis !

— Quoi ?

Il regarda l'écran.

— Oh, non !

Puis de nouveau Elena.

— Quand est-ce qu'on s'est endormis ?

— Tout de suite. Dès que les lumières se sont éteintes. Oh, mais noooooon !

— J'ai vu le ralenti du début, dit Gabe. Et un mouton, je crois...

— On a tout raté, lâcha Elena.

Son menton tremblait.

— On a tout raté, répéta Gabe. On a attendu une semaine entière, et on a tout raté.

Les coudes sur les genoux, il enfouit son visage dans ses mains. Ses épaules se mirent à trembler.

Elena posa sa main sur Gabe. Là où elle avait laissé une tache humide. Elle la retira et l'essuya sur son jean.

Gabe se laissa aller contre le dossier de son siège, les mains sur la tête. Il riait tellement qu'il avait l'air d'avoir mal.

Elena le regarda, choquée.

Puis elle commença à glousser.

Puis ils rirent de plus en plus fort.

— Elena ! Gabe ! lança Troy en avançant avec la foule vers la porte. C'était dingue, non ?

— Je suis sans voix ! cria Elena.

Gabe continuait à rire.

— On a dormi dans la *rue*, articula-t-il. Tu as fait pipi dans un *gobelet* !

Elena riait si fort qu'elle en avait des crampes dans le ventre.

Par moments, entre deux éclats de rire, elle se sentait horriblement malheureuse et avait juste envie de pleurer – elle avait tout raté ! –, mais ça la faisait rire de plus belle.

— Qu'est-ce qu'on fait, maintenant ? demanda Gabe. On retourne dans la rue ? On campe jusqu'à la prochaine séance ?

— Moi, je rentre à la maison, trancha Elena. Je vais dormir douze heures d'affilée.

— Bonne idée, dit-il en hoquetant encore un peu. Pareil.

Elena le dévisagea. Elle observa ses boucles brunes et sa barbe de trois jours. Elle se demandait à quoi il ressemblerait s'il n'avait pas dormi dans la rue pendant plusieurs jours. (Elle l'aurait su si elle avait fait attention à lui au lycée.)

— On peut revenir ce soir, proposa-t-elle. On devrait pouvoir acheter des billets.

— En fait, j'ai déjà des billets, dit Gabe en se passant la main dans les cheveux. J'avais prévu de revenir à 19 heures pour le revoir.

— Ah ! Cool.

— Je peux t'en passer un...

— Je ne veux pas prendre la place de quelqu'un d'autre.

— C'était pour mon cousin, il peut patienter un jour de plus, déclara Gabe. Toi, ça fait une semaine que tu attends.

— Toute ma vie, même.

Gabe lui sourit.
Elena lui rendit son sourire.
— On se retrouve ce soir, alors ?
Elle acquiesça.
— Le premier arrivé se met dans la queue.

Table des matières

Ouvrage composé par
PCA – 44400 REZÉ

Imprimé en France
par Normandie Roto Impression s.a.s.
61250 Lonrai
N° d'impression : 1904713
S29007/01

www.pocketjeunesse.fr
POCKET JEUNESSE

MIXTE
Papier issu de
sources responsables
FSC® C003309
www.fsc.org

Pocket Jeunesse, une marque d'Univers Poche,
est un éditeur qui s'engage pour
la préservation de l'environnement
et qui utilise du papier fabriqué à partir
de bois provenant de forêts gérées
de manière responsable.